KB062369

로크미디어가
유혹하는
재미있는 세상

ROK
로크미디어

이것이 법이다

이것이 법이다 65

2019년 6월 20일 초판 1쇄 인쇄
2019년 6월 25일 초판 1쇄 발행

지은이 자카예프
발행인 이종주

총괄 김정수
경영 지원 배진경 임혜솔 송지유

기획 이기헌 왕소현 박경무 이승제
책임 편집 최전경

발행처 (주)로크미디어
출판등록 2003년 3월 24일
주소 서울시 마포구 성암로 330 DMC첨단산업센터 3층 318호, 319호
Tel (02)3273-5135 **편집** 070-7863-8592 **Fax** (02)3273-5134
홈페이지 rokmedia.com **E-mail** rokmedia@empas.com

© 자카예프, 2015

값 8,000원

ISBN 979-11-354-3344-3 (65권)
ISBN 979-11-255-9575-5 04810 (세트)

이것이 법이다

65

자카에프 장편소설

ROK
MEDIA
로크미디어

CONTENTS

　-여당에서는 청와대를 항의 방문하였으나 대통령이 만남을 거절하면서 여당과 대통령의 관계는 파탄으로······.

　뉴스를 보던 송정한은 텔레비전을 꺼 버렸다. 그리고 고개를 절레절레 흔들었다.
　"나라가 개판이라고 하지만 이건 너무 개판이네."
　"그러니까요."
　새로 대통령이 된 홍안수는 전 야당이자 현 여당인 민주수호당을 철저하게 정치에서 배제하고 있었다.
　누가 봐도 말도 안 되는 수준으로 말이다.
　도리어 현 야당이며 얼마 전까지 여당이었던 자유신민당

과 쿵짝이 맞아서 그들과 협치라는 이름하에 과거의 범죄를 덮는 데 더욱 열을 올리고 있었다.

"도대체 무슨 생각일까?"

송정한은 한숨을 쉬면서 고개를 절레절레 흔들었다.

살다 살다 이런 황당한 국회는 본 적이 없었다.

"뻔하지요. 이미 드러난 이상 눈치 볼 게 없다는 의미 아니겠습니까?"

홍안수는 그들이 심었던 프락치다.

어이가 없지만 현실이 그랬고, 그는 대통령이 되었다.

그러니 민주수호당의 말을 들을 리 없다.

"어이가 없지만 말이지."

당연히 당에서 극렬하게 항의했지만 이미 대통령이 된 홍안수는 콧방귀도 뀌지 않았다.

그를 몰아내는 방법은 탄핵뿐인데, 자유신민당이 다수당인 현 상황에서 탄핵은 불가능했다.

"저러면 무슨 일이 벌어질지 모르는 걸까요?"

노형진은 걱정스러운 표정으로 말했다.

저들이 지금 하는 일은 어떤 면에서는 자살과 같기 때문이다.

하지만 아예 이해가 가지 않는 것은 아니었다.

"알 거야. 그렇지만 이미 호랑이 등에 올라탄 꼴이니 어쩔 수 없었을 거야."

"끄응."

이런 식이면 협치라는 것은 의미가 없어진다.

반대 당에 조금이라도 유리하거나 중립적인 모습을 보이면 당장 프락치라는 소리가 나올 테니까.

결국 극단적 선택밖에 할 수 없게 되어 국민들만 힘들어질 것이다.

"기존 범죄가 다 드러나면 자유신민당은 결국 몰락할 수밖에 없는 것이 현실이지. 그렇다고 그냥 당할 수는 없어. 그런데 프락치가 대통령이 되었으니 그 본색을 드러내는 수밖에."

"하지만 그로 인해 벌어질 일은 그보다 더 참혹할 텐데요?"

"어차피 다 잃어버리는 상황이야. 차라리 자기들한테 반대하는 사람들을 박멸하고 자신들이 권력을 잡는 게 나을 거라고 생각할걸."

노형진은 눈을 찌푸렸다.

'역사는 반복되는 건가? 아무리 내가 노력해도 큰 흐름은 못 고치는 건가?'

전 역사에서 원래 대통령이 되는 사람과 자유신민당은 언론과 정부, 군, 국정원까지 다 동원해서 당시 야당이었던 민주수호당과 재야인사들을 박멸하기 위해 기를 썼다.

심지어 조금이라도 자신들의 행동에 불만을 가지면 연예인조차도 활동을 못 하고, 예술가들은 생계조차 꾸리지 못하도록 하게 했다.

그렇게 단 10년 사이에 나라의 민주주의의 근간은 박살이나 버렸다.

'그게 싫어서 그 난리를 쳤는데.'

그런데 똑같은 일이 벌어졌다.

아니, 더 심하면 심했지 덜하지는 않으리라.

이미 말도 안 되는 프락치 짓을 한 것이 드러났고 과거의 범죄를 덮는 작업도 대놓고 이루어지고 있다.

이런 상황에서 미래에 다시 권력을 잡는 방법은 단 하나, 바로 자신들과 반대쪽에 있는 세력의 박멸뿐이다.

"당연히 그쪽도 이를 박박 갈면서 싸울 테고."

송정한은 한숨을 쉬었다.

"피바람이 불 걸세. 이만저만한 피바람이 아닐 거야. 사실 총만 안 들었을 뿐이지 내전이라고 봐도 무방할 걸세."

"끄응……."

"내가 자네에게 이런 말을 잘 안 하는 편이지만, 당분간은 정치 쪽은 바라도 보지 말게. 무슨 뜻인지 알지?"

"압니다. 지금은 살아 있는 권력이니까요."

노형진이 뭘 걱정하는지 안다. 그래서 그가 자신의 신념을 꺾고 정치에 개입하는 것을 도와줬다.

하지만 지금은 아니다.

'지금은 건드리면 타격이 너무나 커.'

이제 시작된 권력이고, 노형진과 새론이 전 정권에서 자신들과 사이가 좋지 않은 것을 저들이 모르지는 않는다.

뭐라도 꼬투리 잡는다면 자신들을 무너트리기 위해 저들은 뭐든 할 것이다.

"당분간은 입 다물고 있어야 해."

"알겠습니다."

새론이 했던 것이 아무리 의뢰를 받아서 한 것이라고 해도, 저들은 그런 걸 신경 쓰지 않는다.

저들의 구분법은 단 하나.

적 아니면 아군.

"자네는 우리가 이제 어떻게 해야 한다고 생각하나?"

"우리가요?"

"그래. 지금이라도 가서 줄을 서야 하나?"

"글쎄요. 과연 받아 줄까요?"

노형진이 씁쓸하게 말했다.

한국에서 돈이 되는 소송이 많은 대상은 누굴까?

대기업? 아니면 외국계 기업?

아니다. 금전적으로 볼 때 가장 의미 있는 소송을 가지고 있는 건 다름 아닌 국가다.

지금 이 순간에도 새로운 정권으로부터 사건을 의뢰받기 위해 수많은 로펌이 달려가서 줄을 서고 있다.

"우리는 우리의 길을 가야지요."

"어떻게?"

"친서민 정책의 강화, 정부 권력의 견제."

송정한은 눈을 찌푸렸다.

지금도 충분히 새론은 친서민 정책을 쓰고 있다. 그런데 강화라니?

아니, 그건 문제가 아니다. 정부 권력의 견제라고?

"자네, 그게 어떤 상황을 불러올지 아나?"

"압니다. 우리를 죽이려고 들겠지요."

"그런데 그러자고?"

"안 그런다고 해서 우리를 죽이지 않을까요?"

"끄응……."

송정한은 신음성을 흘렸다.

그가 보기에도 상황이 정리된다면 언젠가는 자신들을 정리하려고 덤빌 게 당연한 수순이었다.

자신들이 그들에게 우선순위에서 밀릴 뿐, 정리 대상인 것은 맞다.

"웃긴 일이지만 우리가 살아남기 위해서는 그들의 주요 적을 최대한 살려 놔야 합니다. 그들이 치고받는 시간이 길어질수록 우리가 생존할 수 있는 시간도 길어집니다. 운이 좋다면 다음 선거 이후까지 버틸 수 있을 겁니다. 더 운이 좋다면 정권이 바뀔 수도 있겠지요."

"비참하군. 내가 살기 위해서 남을 밀어줘야 한다니."

"비참한 건 아니죠. 누구나 그 정도 동맹은 합니다. 공통의 적이라는 존재가 있으니까요."

이것이 법이다

"그렇기는 하지만……. 그들이 우리를 놔둘 가능성은 없겠지?"

그 말에 노형진은 고개를 흔들었다.

그런 사람들이었다면 자신이 굳이 철칙까지 깨 가면서 정치판에 뛰어들지 않았다.

"그들이 우리를 죽이려고 하는 이유는, 단순히 우리가 정치적으로 반대의 입장에 있어서가 아닙니다. 자유신민당의 기본적인 정책은 우민화정책입니다. 그리고 우리의 친서민 정책은 그들과 충돌하죠."

"결국 서민들이 우리에게 몰린다 이거군."

"네."

노형진은 기억한다.

사법부도 경찰도 검찰도, 권력과 하나 되어서 국민들을 억압하던 그 과거, 아니 이제는 미래를.

댓글 하나에 끌려가고, 블로그에 올린 글 하나 때문에 국정원이 국민을 감시한다.

그리고 그들을 도와줄 변호사는 없다고 봐도 무방하다.

"대부분의 로펌은 국가와의 소송을 꺼릴 겁니다. 당연하죠. 이제 출범한 새로운 정부니까 레임덕은 아직 멀었으니, 그 시간이면 회사 하나 말아먹는 거야, 뭐."

일반적으로 레임덕, 그러니까 대통령의 권력 누수 현상은 3년 차부터 시작된다.

초반 2년은 그 권력이 하늘을 찌른다.

그리고 그 2년이면 기업 하나 말아먹는 것은 일도 아니다.

"어떤 개그맨이 그런 말을 했다지요? 이유 없이 너를 싫어하면 그 이유를 만들어 줘라."

송정한은 피식 웃었다. 무슨 뜻인지 알아들은 것이다.

"어차피 찍혔다 이거군."

"네. 지금이야 시끄럽고 민주수호당이 있으니 우리를 견제하기 힘들겠지만, 그들의 힘이 빠지는 순간 그들을 지탱하던 세력들을 죽이려고 덤빌 겁니다. 그러지 않으면 다음 대선에서 승리는 불가능하니까요."

"후우……."

송정한은 한숨을 쉬었다.

결국 돌이킬 수 없는 강을 건넜다는 것을 예상하고 있었지만 이렇게 정확하게 귀로 들으니 한숨이 절로 나왔다.

거대 기업도 그들의 횡포를 막기 힘든데, 아무리 새론이 크다고 한들 결국 로펌 수준이다. 그러니 어떻게 이겨 낼지 답이 보이지 않았다.

"걱정하지 마세요. 이겨 낼 수 있을 겁니다."

"어떻게? 우리가 아무리 잘났어도 결국은 일개 로펌일세."

"새론은 로펌이지요. 하지만 제가 있지 않습니까?"

"자네가? 설마……."

"필요하면 힘을 써야지요. 제가 전에 돈을 버는 이유를 말씀드리지 않았던가요?"

노형진이 씩 웃으며 말하자 송정한은 움찔했다.

그는 노형진이 어떤 사람인지 아는 아주 극히 일부 중 한 명이다.

노형진의 진짜 모습은, 미다스라 불리는 투자계의 황태자.

"저와 마이스터의 힘이면 대한민국 경제를 쥐고 흔드는 것이 불가능한 건 아닙니다."

"허, 벌써 그 정도인가?"

"네."

노형진은 씩 웃었다. 그리고 머릿속으로 가능성을 점쳐 봤다.

'현재 내 자산은 15조 정도. 그리고 마이스터에 들어와 있는 다른 투자자산을 합하면 내가 동원할 수 있는 최대 자금은 대략 50조.'

그 정도면 대기업 하나 말아먹는 건 일도 아니다.

물론 그 돈으로 기업을 통째로 사거나 할 수 있는 건 아니지만, 적어도 망하게 할 수는 있다.

"아무리 대통령이라고 할지라도 우리를 마음대로 건드리지는 못할 겁니다."

"자네가 돈을 버는 이유가 돈과 권력에 휘둘리기 싫어서라는 소리는 들었지만……."

설마 그 수준이 대통령과 국가와 맞짱 뜰 정도라고는 상상도 못 했다. 그저 어마어마할 거라고 예상했을 뿐.

'과연 비트코인의 미래를 알면 뭐라고 하시려나.'

노형진이 열심히 뽑아내고 있는 비트코인.

얼마 전까지만 해도 비트코인은 아는 사람만 아는 물건이었다.

하지만 올해 말, 비트코인의 전 세계적 광풍이 시작된다.

'현재 가격은 12달러. 하지만 올해 말이 되면 여든세 배가 오른다.'

노형진이 알기로는 비트코인은 최대 2,400만 원까지 오른다.

당장 지금 가지고 있는 비트코인을 그때까지 쥐고 있는다고 한다면 지금 가지고 있는 돈의 몇십, 아니 몇백 배 이상의 돈이 생긴다.

물론 그건 어디까지나 산술적인 거지만.

'슬슬 비트코인 채굴을 멈춰야지.'

비트코인은 가상 화폐다. 노형진이 그걸 쥐고 있다고 해도 일정 수량 이상이 시중에 돌지 않으면 가격이 올라가지 않는다.

지금은 묶어 둔 비트코인을 잠가 두고 채굴은 멈춰야 하는 시점이다.

이후에 나오는 것은 모두 시장에 돌려서 가격을 올려야 하니까.

하지만 그것만 가지고도 대한민국의 경제 절반은 자기가 쥐고 흔드는 셈이다.

'원래 역사에도 상위 3%가 비트코인의 70%를 가지고 있었다지?'

"뭘 그리 생각하나?"

"아…… 아닙니다."

노형진은 고개를 흔들었다. 그리고 송정한을 바라보면서 입을 열었다.

이런 일이 벌어질 거라는 것은 이미 예상한 일이다. 홍안수가 대통령이 되는 그 순간부터 말이다.

"그래도 모르니 안전장치를 하죠. 경제를 흔드는 건 최후의 수단이니까요. 흔들 수야 있지만, 서민들이 고통받을 수 있으니까."

"안전장치? 무슨 방법이 있나?"

"일단은 변호사들에게서 돈부터 받아 내지요."

"응? 그건 또 무슨 소리인가?"

"우리 새론의 특징은 친서민 정책입니다. 하지만 그게 약점이기도 하지요. 저들이 공격을 할 때, 과연 어떤 식으로 공격할까요?"

"아…… 그건…….."

뻔하다. 정부에서 제일 먼저 공격하는 것은 돈줄이다.

"우리 새론은 다른 곳보다 수익률이 낮습니다. 거기에다 일도 많지요. 시스템화되어 훨씬 빠르게 일할 수 있다고 하지만 사건 자체가 워낙 많으니까요."

"그렇지. 거기에다 우리는 집단소송도 많고."

"저라면 가장 먼저 다른 변호사들을 공격할 겁니다."

송정한의 얼굴이 딱딱하게 굳었다.

부정할 수 없는 사실이다.

기본적으로 로펌은 변호사들의 집단이다. 아무리 새론이 깔끔하게 운영한다고 해도 털려 나갈 판에, 속해 있는 변호사들 개개인까지 털기 시작하면 답이 안 보일 수도 있다.

그리고 정부의 방식을 본다면 그 방법은 필히 쓸 게 분명하고.

"변호사가 없는 로펌은 로펌이 아닙니다. 우리가 아무리 사건이 많아도 고작 몇 명으로 할 수 있는 수준은 아니니까요."

만일 핵심 멤버를 제외한 다른 사람들이 나간다면, 아마 한 달도 가기 전에 멤버 전원이 과로사할 수밖에 없을 것이다.

"일단은 우리에게 속하도록 하는 게 중요하다 이거군."

"네."

"그거랑 돈이랑 무슨 관계인가?"

"제 투자 정보는 기밀이지요."

"그거야 알지. 그걸 알려 주려고?"

"아닙니다. 그걸 알려 주면 분명히 새어 나갑니다. 그리고 그렇게 되면 타격이 크지요. 도리어 그게 소문나서 개나 소나 달려들어서 거품이 낄 수도 있고, 작전 세력이 끼어들어서 도리어 우리가 털릴 수도 있습니다."

이것이 법이다

"으음......"

사람이라는 게 그렇다.

아무리 비밀이라고 하면서 알려 줘도, 각자 친한 사람이 있으니 그들에게도 알려 주고 싶은 것이 인지상정이다.

그런 식으로 하나둘 주변인들에게 알려 주다 보면 정보가 안 새어 나가는 게 이상한 거다.

"그러니 돈을 모아서 제가 직접 투자하는 겁니다."

송정한의 눈이 꿈틀했다.

"공식적으로 새론은 미다스의 한국 내 소송 담당이 되는 대신 미다스는 새론이 맡긴 자산을 불려 주는 형태로 제휴하는 거지요."

"으하하하!"

송정한의 입에서 크게 웃음이 터져 나왔다.

"그 말이 사실인가?"

"그럼요."

마이스터를 통해 투자하는 사람은 많다.

하지만 마이스터는 미다스가 세운 기업일 뿐, 미다스는 아니다. 그래서 손실도 있고 수익률도 높은 편이 아니다.

물론 마이스터가 허락하는 수준에서 정보를 이용하기 때문에 다른 곳보다는 좀 더 나은 편이긴 하지만.

하지만 미다스는 아니다.

최고의 투자자.

한 번도 실패한 적이 없는 투자자.

세 배 이하의 수익은 수익으로도 안 본다는 투자의 귀재.

그런데 그런 그가 직접 투자를 해 준다?

"그래서 그 돈을 투자받아서 재투자할 겁니다. 1인당 세 계좌씩, 한 계좌당 최대 3천만 원."

"응? 1인당 세 계좌?"

"네."

"아니, 왜?"

한 사람당 하나씩만 해 준다고 해도 변호사들은 눈을 까뒤집고 덤빌 것이다.

맡기면 몇 배로 불어날 게 뻔한 투자다. 그런데 거기에 투자를 안 할까?

그런데 1인당 세 계좌라니? 거기에다 고작 3천이라니?

"두 개는 가족용인가? 그럴 필요가 있나? 차라리 한 계좌에 투자금을 늘리지?"

"아니요. 가족용이 아닙니다."

"그럼?"

"아까 말씀드렸다시피 비밀은 새기 마련이지요."

노형진은 씩 웃으면 손가락을 흔들었다.

"만일 새론 소속의 변호사들이 미다스에게 직접 투자를 맡길 수 있다는 이야기가 흘러 나간다면, 과연 어떤 일이 벌어질까요?"

"그건…… 아…….."

아마도 누구라도 자기 돈을 맡겨서 투자해 달라고 할 것이다.

돈을 가진 놈은 수십억을 투자할 수 있으니 절대로 좋은 선택은 아니다.

최악의 경우, 힘없는 변호사는 자기 투자는 하나도 하지 못하고 남의 투자금만 받아서 남 좋은 일만 해 주며 피눈물을 흘릴 수 있다.

"하지만 개인 계좌를 뺀 나머지 두 개의 계좌. 그 자리를 차지하고 싶은 사람은 누굴까요?"

노형진의 말에 송정한은 다시 한 번 크게 웃었다.

"그렇지. 으하하! 진짜 자네는 천재야, 천재! 권력자 놈들이 가만히 있을 리 없지!"

어떻게 해서든 새론 소속 변호사에게 붙어서 투자하려고 할 것이다.

그리고 그 두 개의 계좌는 말 그대로 변호사들의 힘이 될 것이다.

"그 계좌가 있는 이상 정부도 쉽게 우리를 건드리지 못하겠군."

"그렇지요."

이런 정보를 접하고 접근하는 사람들은 뻔하다.

정치와 경제, 고위 공무원들.

그들은 3천을 맡기고 어마어마한 수익을 기대할 것이다.

그렇게 되면 자신의 수익을 지키기 위해서라도 새론을 지킬 수밖에 없다.

"3천만 원을 투자한 후 실패했을 때, 딱 그 3천을 잃어버렸다고 생각하는 인간은 없습니다."

3천만 원을 투자해서 열 배가 올라서 3억이 되었다가 날리면, 그 돈을 맡긴 사람은 3천이 아닌 3억을 잃었다고 생각한다.

그런데 노형진은 그보다 훨씬 많은 이익을 낼 수 있으니 수익이 높아질수록 권력자들은 자기 돈을 지키기 위해 새론을 보호하려고 기를 쓸 것이다.

"자네는 정말이지…… 으하하하!"

송정한은 미친 듯이 웃었다.

그런다면 과연 그들이 새론을 죽이려고 할까?

못 한다. 거기에 자신들의 돈 수십억이 묶여 있다고 생각할 테니까.

그리고 새론이 망하면 그 돈은 날아간다.

거기에다 그건 명백하게 투자금.

새론이 망하면 절대로 찾아갈 수 없는 돈이다.

"안전장치군. 확실히 안전장치야. 으하하하!"

권력자들의 돈을 인질로 삼는다면 그 누가 새론을 건드릴 수 있겠는가?

누군가 그랬다, 권력자의 최종적인 꿈은 재벌이라고.

"일단 슬쩍 소문을 내 보세요. 과연 누가 들러붙을지 기대가 되네요."

노형진은 희미한 미소를 지으며 웃었다.

⚖️

당연하다면 너무나도 당연하달까?

두 개의 추가 계좌. 그걸 잡기 위해 수많은 정치인들이 달려왔고, 새론의 변호사들은 가만히 앉아서 그들과 안면을 트고 거래를 하면서 한배에 탈 수 있었다.

"멋지군."

송정한은 피식 웃으며 말했다.

단 며칠 사이에 변호사들의 계좌는 꽉 차 버렸다.

못해도 사백 명 이상의 고위 공직자들과 권력자들이 자신들에게 돈을 맡겼다.

심지어 그들과 사이가 안 좋은 자유신민당 의원만 해도 일흔 명이 넘었다.

"이 정도면 아주 안전한 거 아니겠습니까?"

아마 이 정도면 새론이 나라를 팔아먹지 않는 한 그들은 터치하지 않을 것이다.

불법적인 일을 저지른 것도, 뇌물을 준 것도 아니다. 그저 그들이 원하는 투자를 받아 준 것뿐이다.

"안전장치는 이 정도면 된 것 같고, 이제 어떻게 해야 하나?"

"일단은 기본으로 돌아가도록 하지요."

"기본?"

"네. 우리가 움직일 수 있는 기회입니다."

"기회라니?"

"정부가 해결하지 못하던 문제들이 있지 않습니까? 그걸 해결할 수 있는 기회라고 생각합니다. 현재 정부는 사실상 체계적인 저항을 하지 못하니까요. 대혼란 상태니까."

"그 정도로 문제가 되는 게 있나?"

"있지요."

"뭔데?"

"군대 말입니다."

"군대?"

"네, 소위 말하는 똥 군기 말입니다."

"아아."

똥 군기.

군을 망치는 가장 큰 적폐다.

군기라는 것은 엄중해야 한다.

돌격을 외쳤는데 '너나 돌격해라.'와 같은 황당한 상황이 생기지 않으려면.

"하지만 대한민국의 군대는 군기보다 똥 군기죠."

"그래, 그건 군기가 풀린 것보다 더 나쁘지."

군기가 풀리면 명령 불복종 등의 문제가 생긴다.

심한 경우 민간인에 대한 약탈과 방화, 강간이 벌어질 수도 있다.

물론 그건 범죄이니 처벌하면 된다.

그러나 똥 군기는 국가와 조직의 문제가 된다.

"프래깅이라는 게 괜히 생긴 게 아니죠."

프래깅. 아군에 의한 사살.

프래깅의 역사는 길고 악명도 높다.

이유는 간단하다. 바로 똥 군기.

"형님께서 했던 말이 생각나는군."

송정한은 고개를 끄덕거리면서 말했다.

"형님은 베트남전에 참전하셨지. 그런데 자대에서 프래깅이 벌어졌다고 하더군."

"진짜로요?"

"그래."

옆 중대의 중대장이 병사들을 개처럼 부리고 부대 내로 술집 여자를 끌어들이는 등 최악의 행동을 했다고 한다.

하지만 대부분의 병사들은 그걸 꾹 참았다.

어차피 제대하고 한국으로 가면 다시는 안 볼 놈이라고 생각했으니까.

"그런데 그놈이 최악의 사고를 쳤지."

"사고라 하면?"

"복귀 예정자들로 정찰 팀을 편성해서 보낸 거야."

"복귀 예정자? 설마……."

"그래, 곧 한국으로 돌아올 사람들 말일세."

해외에 파견된 사람은 일정 시간이 지나면 복귀할 수밖에 없다. 병사들이 원하는 것은 그것뿐이다.

그런데 그런 사람들만 뽑아서 정찰 팀을 편성한다?

일반적으로 소대나 분대별로 팀을 구성하지 복귀 예정자들만 뽑아서 팀을 구성하지는 않는다.

즉, 그 중대장이라는 작자는 대놓고 죽으라고 보낸 것이다.

"개자식이군요."

"그래, 그렇게 뽑아서 최고로 위험한 곳을 정찰시켰다고 하더군."

안 봐도 뻔하다.

어차피 돌아가면 안 볼 놈들이다. 그러니 죽어도 그만이라는 거다.

실제로 그런 행동을 하던 놈들도 제법 있었고.

"그 결과, 정찰하러 나간 스무 명 중에서 살아 돌아온 사람이 세 명이라고 하더군."

위험지역, 누가 봐도 베트콩이 있을 지역에 정찰을 보냈고, 그 결과 고작 세 명이 살아 돌아왔다.

하지만 정찰 자체는 성공적이었다. 한국에 돌아갈 예정이라는 것 자체가 오랜 경험을 쌓은 사람들이라는 뜻이니까.

"그곳에 폭격을 요청해서 베트콩 연대를 날렸다고 하던

가? 그래서 그 중대장은 은성 무공훈장도 받고 말이야."

"그 끝은 좋지 않았을 텐데요?"

"좋지 않았지."

중대장이라고 해서 매일 참호 안에서 놀고먹는 건 아니다. 결국 병사들과 작전을 실행하러 나가야 한다.

"교전 중에 총을 맞았다고 하더군."

"그래요?"

"그래, 그런데 말이야……."

송정한은 씁쓸하게 웃었다.

"시체가 들어왔는데 걸레짝이 되었다고 하더라고."

"걸레짝?"

"그래. 몸에 총알이 몇백 발은 박혀 있었다던가?"

"아아."

베트남 같은 곳에서 적의 소총을 노획하는 것은 어려운 일이 아닐 것이다.

그리고 교전 중에 그걸 뒤통수에 갈기는 것도 어려운 일이 아닐 테고.

자기 총이라면 탄도 분석이라도 해 보겠지만 노획한 소총으로 갈겨 버리면 누가 쐈는지 알 수가 없다.

방법은 다른 누군가가 증언하는 것뿐인데…….

"증언이 없었군요."

"그래."

증언은 베트남 총에 맞아서 죽었다는 것뿐이었다.

하지만 상식적으로 말이 안 된다.

사람은 총을 맞으면 쓰러진다. 아무리 상대방이 연발로 갈긴다고 해도, 십여 발 맞으면 바닥에 쓰러져서 더 이상 맞을 수가 없게 된다.

그런데 한 명에게 수백 발의 총알이 틀어박혀서 시체가 걸레짝이 된다?

그건 누군가 원한을 품고 시체를 훼손했다고밖에 볼 수 없는 것이었다.

"결국 정부에서는 쉬쉬하면서 넘어갔다고 하더군. 중대원 전부를 처벌할 수는 없었으니까."

"하긴, 그런 일이 많았지요."

심지어 미국에서조차 그러한 프래깅이 넘쳐 났다. 공식적으로는 열아홉 건 정도.

그렇지만 그건 어디까지나 아주 대놓고 증거를 흘린 경우, 그러니까 그가 화장실이나 샤워장에 혼자 있을 때 수류탄을 까서 넣거나 자기 총으로 쏘거나 한 걸 기준으로 한 거고, 지금처럼 노획한 총을 갈겨 버리면 전쟁터에서는 쉽게 범인을 찾을 수 없다.

탄도 추적이니 하는 과학수사는 전쟁터에서는 아무런 쓸모도 없다.

수천수만 발의 탄도를 어떻게 추적한단 말인가?

거기에다 교전하는 사람이 한두 명도 아니고, 이미 총 맞아서 죽은 사람이 증언해 줄 리도 없고.

"똥 군기라는 게 참…… 개떡 같지."

차라리 상급자의 범죄행위라면 처벌이라도 요구할 수 있지, 똥 군기는 그런 것도 아니다.

처벌을 요구하는 순간 배신자로 찍혀서 도리어 더 고통받는다.

설사 처벌받는다고 해도 군형법은 이러한 경우 처벌을 제대로 하지 않는다.

기껏해야 영창 며칠 정도.

그리고 그 이후에 돌아온 놈은 더 악착같이 괴롭힌다.

"똥 군기는 사실 대한민국 독립과 더불어 생긴 거나 마찬가지야. 그런데 그걸 어떻게 고치려고?"

송정한은 고개를 갸웃했다.

이러한 똥 군기의 근본은 구 일본군이다.

지금도 그렇지만 구 일본군의 똥 군기는 전설적이었다.

그들은 무기와 체급의 차이를 정신력으로 이길 수 있다며, 그 정신력 강화 방법으로 똥 군기를 이용했기 때문이다.

그리고 한국이 해방되면서 그 아래에 있던 친일파가 대한민국의 권력과 병권을 잡았고, 그들은 똥 군기를 그대로 이어받았다.

"군대라는 곳은 성역이나 마찬가지지요."

"그래서?"

"하지만 그건 형법상으로 그럴 뿐입니다."

"응?"

"군 민법이라는 거 들어 보셨습니까?"

"그거야…… 들어 본 적이 없지. 없으니까…… 아하!"

송정한은 바로 알아들었다는 듯 손바닥을 쳤다.

"그러고 보니 똥 군기에 대해서는 민사를 하는 경우가 거의 없군!"

"맞습니다. 대부분 같은 생각을 하거든요."

더러우니까 잊어버리자. 엿 같아서 생각도 하기 싫다. 자대 쪽으로는 오줌도 안 싼다.

그렇게 말하면서 대부분의 남자들은 자신이 자대에서 당한 가혹 행위를 잊어버리려고 노력한다.

그게 너무 극심해서 트라우마가 되었는데도 말이다.

"하지만 엄밀하게 말하면 그건 민사의 대상이지요."

"그렇지."

군형법은 따로 있다. 그렇지만 그걸로 처벌은 되지 않는다.

하지만 군 민법은 따로 없다.

그 말은, 제대한 사람은 군대에서 자신을 괴롭히고 가혹 행위를 하고 똥 군기를 잡았던 인간들에게 손해배상을 청구할 수 있다는 뜻이다.

"심지어 민법에 따르면 현재 군에 있는 사람이라고 할지라도 청구할 수 있습니다."

"그렇지. 군대에 간다고 해서 기본권이 없어지는 건 아니니까."

한국의 특성상 군인의 기본권 중 일부가 제한되기는 한다.

하지만 이러한 민사적 손해배상의 경우는 그러한 제한의 대상이 되지 않는다.

"거기에다 이건 군대를 대상으로 하는 것도 아니에요."

말 그대로 개인을 괴롭혔던 특정인에 대한 것이니 정부에서 방어를 위해 도움을 주지도 않을 것이다.

설사 어떻게 하고 싶다고 해도, 노형진의 말마따나 지금 정부는 과도기라서 체계적인 저항에 한계가 있다.

이런 일을 수습해야 하는 별들도, 지금은 새로운 정부에 줄을 서기 위해 눈깔을 뒤집고 있으니까.

"제대로 하면 한 번에 싹 털리겠군."

"그렇지는 않을 겁니다."

"응?"

"제 경험상 똥 군기 잡는 놈들은 개인의 문제가 크더군요."

그들이 똥 군기의 문제점에 대해 모르는 게 아니다.

일부 사람들은 그 문제를 심각하게 생각하며, 많은 이들이 바로잡으려고 한다.

그래서 심하게 똥 군기를 당한 기수가 똥 군기를 없애기도 하고, 제대로 정신이 박혀 있는 일부 장교가 철저한 명령과 상벌을 통해 똥 군기를 없애기도 한다. 실제로 몇몇 부대에서는 성공적으로 똥 군기를 없애기도 했다.

"하지만 시간이 지나면 무의미합니다."

시간이 지나면 성격 더러운 개개인이 자신의 이득을 위해 똥 군기를 잡는다. 그리고 전통이라고 포장한다.

자기 위로는 없었는데도.

자신은 당한 적이 없지만 자신이 편하기 위해 똥 군기를 잡는 것이다. 그러면 그 악순환은 다시 시작된다.

"일전의 제 동생 사건 때 확실하게 알았지요."

"아아, 기억하네."

선배들도 모르는 똥 군기를 잡다가 노형진에게 걸렸던 후배들.

노형진은 그들의 영혼을 탈탈 털어 놨다.

생긴 지 채 4년도 안 된 학과에서 전통이랍시고 똥 군기를 잡다니.

"이번에 아예 시스템화해 놓을 생각입니다. 인간은 본인에게 직접적으로 피해가 오면 움츠러드는 법이거든요."

노형진은 씩 웃으며 말했다.

"미친……."

새론에서는 대대적으로 광고를 냈다.

어차피 똥 군기를 박멸하기 위해 하는 일이다. 그러니 널리 알려야 하던 놈도 알아서 그만둔다.

군대 내에서 가혹 행위 등을 당하신 분들을 모십니다

새론에서는 군대 내 가혹 행위 불법 명령 행위, 똥 군기 등 군법상 인정되지 않는 행위로 인해 고통받았던 분들을 모집하여 그로 인한 손해배상을 받아 낼 예정입니다.

"이거 미친 거 아냐?"

"이 새끼들은 뭐야?"

젊은 사람들은 기가 막히다는 듯 말했다.

"그걸 태클 거는 놈도 있나?"

"그러게."

"씨발, 그걸 왜 소송을 걸어?"

"내 말이, 염병. 내가 제대하고 자대 쪽으로는 오줌도 안 싼다."

다들 툴툴거리면서 고개를 흔들었다.

그런데 그중 한 명은 그에 동조하지 않고 그저 뭔가를 생각하고 있었다.

"뭘 그리 생각해?"

"응? 아니…… 아까 그 뉴스."

"왜?"

"설마, 하려고?"

"야, 그거 몇 푼이나 한다고."

피식 웃는 친구들.

그런데 그 남자의 옆에 있던 친구가 버럭 소리를 질렀다.

"염병, 너희들이 안 당해서 그렇지!"

"응?"

"씨발, 내가 그 새끼를……!"

"그만해."

생각하던 남자가 말리자 그 친구는 눈을 찌푸렸다.

그리고 다른 친구들은 그걸 보고 눈을 찌푸렸다.

그러고 보니…….

"너희 둘, 같이 군대 가지 않았냐?"

군대에 동반 입대라는 것이 생기고 나자 친구들끼리 같이 들어가는 것이 가능해졌다.

물론 동반 입대라고 해도 같은 부대에 들어갈 확률은 극도로 낮다.

하지만 그 두 사람은 운이 좋은지 같은 부대 같은 소대에 배치되었다.

그러나 그들이 운이 좋은 것은 거기까지였다.

"내가……. 아오, 씨발!"

"진정해."

갑자기 열이 오른 듯 친구가 부들부들 떨자 그를 말리는 남자.

다들 고개를 갸웃했지만 두 사람은 더 이상 말하지 않았다.

"뭐…… 무슨 일인지 모르지만 잊자. 잊고 마셔, 마셔!"

애써 분위기를 바꿔 보려고 했지만 차갑게 식은 두 사람의 분위기는 결코 바뀌지 않았다.

"에이, 씨발!"

"야!"

"어디 가?"

결국 옆에 있던 친구가 먼저 바깥으로 나가 버리자 고민하던 남자는 한숨을 푹 쉬었다.

"우리 먼저 간다."

"어…… 어, 그래…….."

그걸 보던 친구들은 어리둥절했지만 잡지는 않았다.

그들도 남자고 군대를 다녀왔으니까.

"저것들 왜 저래?"

유일하게 군대를 안 간 친구가 이해하지 못한다는 듯 중얼거리자 다른 친구가 고개를 흔들었다.

"개새끼는 어디나 있으니까."

"응?"

"남자가 모이면 군대 이야기로 밤새운다고 하지만, 그것도 어느 정도야."

이야기를 하던 남자는 소주를 잔에 따라서 쭈욱 들이켰다.

"우리야 시간이 지나면 그저 과거 이야기로 낄낄거릴 수 있는 수준이지만, 가끔 그것만으로는 감당이 안 되는 똘아이가 있기 마련이거든."

"그래?"

"그래. 완전 개놈인데, 답이 없지."

그는 어깨를 으쓱했다.

"나도 그런 새끼 하나 봤어. 다행히 말년이라 3개월밖에 안 있었고 난 이등병이라 직접 손을 안 대기는 했지만, 진짜 사람 죽이고 싶다는 마음이 왜 드는지 보여 주더라. 난 그저 보고만 있었는데도 말이지."

"헐."

"그런 놈이랑 같이 군 생활을 하면 저러고도 남지."

다들 인정한다는 듯 고개를 끄덕거렸다.

"〈용서받지 못할 자〉라는 영화가 왜 나왔는데."

"그래, 씨발……. 그 영화, 내가 군대 가기 전에는 이해가 안 됐는데 갔다 오니까 진짜 존나 공감되더라, 씨발."

그들은 한숨을 푹 쉬면서 술을 따랐다.

"소송이라……."

광고를 보던 남자는 한숨을 쉬면서 핸드폰을 내려놨다.

"하긴, 무조건 참는 게 능사는 아니니까."

노형진은 약간 놀랐다.

광고를 보아도 사람들이 하루 이틀 정도 생각을 해 본 뒤에야 찾아올 줄 알았다.

그런데 바로 다음 날 찾아온 사람들이 많았다.

아니, 엄청나게 많았다.

"뭐야? 왜 이렇게 많아?"

손채림은 당혹스러운 듯 말했다.

아직 초반이고 대부분의 군인들은 그런 이야기를 하지 않으니 소송하려는 사람들이 그리 많지 않을 거라 생각했는데, 당장 새론은 사람들이 바글거려서 복도를 지나다니지도 못할 지경이 되었다.

"우리나라 남자 중 안 가는 사람들은 거의 없잖아."

"그건 그런데……. 이거 아무래도 하늘 쪽도 붙여야 할 것 같은데?"

"그래야 할 거야. 안 그러면 이 소송을 처리하는 데 족히 5년은 걸릴걸."

"헐, 설마."

"설마가 아니야. 아까도 말했다시피, 우리나라 남자 중에서 군대 안 가는 사람이 얼마나 되겠어?"

"으음……."

손채림은 고개를 끄덕거리다가 재차 이해가 가지 않는다는 표정으로 물었다.

"하지만 동기들은 이렇게 힘들다는 소리 안 하던데?"

"한국 문화가 그래."

"문화?"

"남자는 힘들다고 하면 약하다고 무시하는 문화. 거기에다 여자들은 군대 이야기 하면 싫어하고. 막말로 군대에 가서 죽고 싶을 만큼 고통받았는데 그거 가족한테 이야기해 봐야 가족들 가슴에 못 박는 것밖에 더 돼? 그러니 이야기하지 않는 거지."

"그런가."

손채림은 왠지 안쓰러운 표정으로 넘치는 사람들을 바라보았다.

당연하다고 생각했던 일. 남자라면 당연히 가야 한다고 하는 군대.

그 군대 때문에 고통받았던 사람들이 이렇게 많을 줄이야.

"그래도 생각보다 많은데."

"그래서 문제야."

"뭐?"

"군대에도 정이라는 것은 있거든."

군대에서 아무리 사이가 안 좋았어도, 어찌 되었건 몇 년을 같이 산 사람이다.

그래서 대부분은 더러운 기억이라고 할지언정 적극적으로 소송까지 하려고 하지는 않는다.

더군다나 이미 제대한 이상 증명하기도 쉽지 않으니까 그냥 뒤에서 욕하고 만다.

"반대로 말하면 여기에 온 사람들은 증명도 할 수 있고, 또 단순히 더럽지만 이미 지나간 일이라고 치부하고 넘기지 못할 만큼 고통받았다는 거지."

"이 많은 사람이?"

"또라이 보존의 법칙이 어디 가냐?"

손채림도 납득할 수밖에 없었다.

자신도 겪어 봤다. 어딜 가나 또라이는 있고, 그들 때문에 고통받는 사람들이 넘쳐 난다.

회사도 그 지경인데 도망갈 수도 없는 군대는 어떨까?

"전 국민의 절반을 대상으로 하는 기획 소송이라……. 스케일이 크다 못해 하늘을 찌르는군."

엄청나게 몰려든 사람들을 보면서 김성식은 한숨부터 나왔다.

"하늘 쪽 애들, 일거리 터졌다고 입이 벌어지겠네."

아무래도 로스쿨 쪽 변호사들로 구성되어 있는 하늘은 일거리가 많이 안 들어오는 편이다.

하지만 이 정도면 못해도 2년은 일거리가 넘쳐 날 것이다.

더군다나 매년 엄청난 숫자의 사람들이 군대에 가고 제대를 하는 걸 생각하면, 일거리가 떨어지지 않을 가능성이 높다.

"그만큼 고칠 게 많다는 거죠."

노형진은 씁쓸하게 미소 지었다.

"어서 상담 시작하죠."

변호사들은 일단 번호 순서대로 상담을 시작했다.

노형진 역시 같이 온 두 사람을 상담하기 시작했다.

⚖

"노형진입니다."

"아…… 네……. 곽인호입니다. 이쪽은 이태민이고요."

"자세한 이야기를 좀 들어 볼 수 있을까요?"

"그게……."

남자 둘은 침을 꿀꺽 삼켰다.

그들은 얼마 전 친구들과 술을 마시다가 뛰쳐나온 사람들이었다.

"일단 사건에 대해 말해 주셔야 저희가 소송을 진행할 수 있습니다."

"그러니까……."

그들은 자신들이 당했던 사건에 대해 이야기하기 시작했다.

구타와 욕설, 부당한 명령, 가혹 행위 등등…….

그들의 선임이라는 작자는 말 그대로 인간쓰레기 그 자체였다.

'그게 다가 아닌 것 같은데?'

충분히 소송이 될 만한 것들이기는 한데, 왠지 노형진은 그것 말고도 다른 것이 있는 것 같았다.

힐끔거리면서 옆에 있는 손채림을 바라보는 그들의 시선에서 심각한 고민과 불편함을 읽었기 때문이다.

"잠시만요."

결국 노형진은 뭔가 결심한 듯 그들의 말을 멈췄다.

"뭔가 감추시는 것 같은데, 그러면 소송 못 합니다."

"그게……."

그들은 말을 흐리면서 역시 손채림을 바라보았다.

손채림도 그런 그들의 눈빛을 느끼고 자리에서 일어났다.

"아무래도 내가 불편하신 것 같으니까 비켜 드릴게."

"그래."

어차피 알게 될 일이기는 하다. 하지만 그렇다고 해서 의뢰인에게 고백을 강요해서는 안 된다.

어떤 이유에서인지는 모르지만 그녀를 불편하게 느낀다면, 일단은 자리를 비켜 주는 것이 맞다.

"후우……."

손채림이 나가자 한숨을 푹 쉬는 두 사람.

"아무래도 이야기하기가 곤란하신 모양인데, 어떤 일이지요?"

"사실은……."

입술을 깨물면서 말을 흐리는 두 남자.

"사실대로 말하셔야 합니다. 물론 승소 자체는 이 정도만으로도 할 수 있습니다만, 범죄에 따라서 배상금이 달라집니다."

"아, 씨발……."

다시 흐르는 침묵.

결국 입을 연 것은 곽인호였다.

"사실은…… 염병, 씨팔…… 아오……."

"괜찮습니다. 말씀하세요."

"고참…… 그 새끼한테 유사 강간을 당했습니다."

"유사 강간?"

"네."

"그게 무슨 말씀이신지?"

"그게…… 에이, 씨발. 툭 까고 말할게요. 말 흐려 봐야 계속 기억나니까. 그 새끼가 자기 거 빨라고 했습니다."

"네?"

"자기 거 빨라고 했다고요, 씨발."

노형진의 눈이 꿈틀거렸다.

죄의 그림자는 길다

"이거…… 생각보다 심각하군."

노형진과 새론 앞으로 들어온 사건들.

그 사건들을 보면서 송정한은 우려 섞인 얼굴이 되었다.

"폭행과 가혹 행위도 상당하기는 하네만……."

"성폭력도 적지 않군요."

"그래."

다들 우려 섞인 표정이 되는 가장 큰 이유.

성폭력에 관련된 사건이 무려 20%에 달했기 때문이다.

"설마 군대 내에 성폭력 발생 비율이 이렇게 높은 거야?"

"그 정도는 아닐 거야. 하지만 여기에 온 사람들은 용서의 한계를 넘어선 이들이니까."

"아……."

그냥 과거의 일이라고 웃으면서 넘어갈 수 있는 수준이었다면 여기까지 오지도 않았을 것이다.

"아니, 왜 이렇게 성범죄가 심한 거야?"

"군대니까."

철저한 상명하복.

거기에다가 구조적으로 남자들밖에 없는 곳.

또한 국가 단위에서 조직적으로 은폐되는 범죄행위들.

기밀이라는 이름하에, 최소한의 감시조차 받지 못하는 곳이 바로 군대다.

"사실 어떻게 보면 당연한 일일지도 모르겠네요."

무태식 변호사가 눈을 찡그리며 말했다.

"이런 조직이랑 가장 비슷한 곳이 어딘지 아시잖아요?"

"교도소지."

"네."

교도소. 범죄자들을 가둬 둔 공간.

그곳과 대한민국의 군대는 구조적으로 아주 흡사한 형태를 가지고 있다.

"그리고 교도소 내에서 동성 성폭행은 아주 흔하게 벌어지는 일이고요."

"으음……."

실제로 교도소에 가면 근력 훈련에 집중적으로 매달리는

사람들이 있다.

그들이 자신의 건강을 위해 그렇게 운동할까?

애석하게도 그런 게 아니다.

그런 이들은 대부분 동성 강간을 겪은 자들이다.

그들이 그렇게 운동에 매달리는 이유는 두 가지다.

자신의 근육량을 늘려서 남성적 이미지를 강화시켜 동성 강간을 피함과 동시에 상대방의 강간 시도에 저항하기 위해서이다.

"하지만 군대라는 조직은 그게 불가능하니까."

철저한 상명하복 구조로 되어 있다 보니 상급자의 명령에 저항할 수가 없다.

물론 공식적으로 사병 간의 명령은 금지되어 있다. 하지만 현실적으로는 그렇지 못하다.

"음……."

"거기에다 군대라는 조직은 남자는 다 가는 곳이야. 이런 말 하면 성차별적으로 들릴 수 있지만 말이지."

김성식 변호사도 한숨을 푹 쉬었다.

"강간범 성향을 가진 동성애자들에게는 그냥 차려진 뷔페야."

손채림은 더럽다는 표정이 되었다.

"그런 건 처벌 안 해요?"

"처벌? 이성 간 성폭력도 제대로 처리 안 하는 게 군대야. 그런데 동성 간 성폭력? 그게 제대로 처벌이 되겠어?"

군대의 시스템상 가장 큰 문제는 바로 사건의 상급자에게 처벌이 내려진다는 것이다.

"예방과 방치는 전혀 다른 개념인데, 군대라는 조직에서는 아니지요."

노형진은 납득한다는 듯 고개를 끄덕거렸다.

"예방과 방치가 구분이 안 된다고?"

"이번 사건을 예로 들어 볼까? 이러한 사건을 사전에 인지한 소대장이나 중대장이 이를 상급 부대에 보고하고 처리하려고 한다면, 그들에게 내려지는 게 뭐일 거라고 생각해?"

"어? 글쎄."

"징계야."

"뭐?"

"하지만 사건이 벌어진 후에 그걸 은폐하면? 자기들에게는 피해가 없지."

"그러니까 군대는 예방하려고 하는 사람이 징계를 받는다는 거야?"

"그래."

"어이가 없네."

"실질적인 군 전투력 향상보다는 승진에 목매는 기형적인 구조가 원인이지."

실제로 어떤 연대장이 새로 부임한 후, 부하 장교들에게 사전에 보고를 올리면 상을 준 적이 있었다.

그런데 처음 1년은 미친 듯이 들어오던 보고가 다음 해부터는 거의 사라졌다.

은폐한 것이 아니다.

실제로 예방이 이루어지자 부대 내 가혹 행위가 사라진 것이다.

"처음에 청소를 시작하면 온갖 쓰레기가 나올 수밖에 없지. 하지만 군대는 그걸 두려워해. 하긴, 해방 이후에 쌓인 쓰레기가 얼마나 많겠어?"

노형진은 고개를 흔들면서 한숨을 쉬었다.

"나 봐라. 오죽하면 조기 전역을 시킬까. 상식적으로 그게 말이나 되는 일이야?"

"하긴."

노형진은 회귀 전에는 일반 병사로 갔었지만 이번 생에는 군 검찰로 갔었다.

그런데 그가 범죄를 파고들자, 그걸 막겠다고 국방부에서 조기 전역을 시켜 버렸다.

아무리 대단한 공훈을 세워도, 훈장은 주고 승진은 시켜 줄지언정 절대 조기 전역은 시켜 주지 않는 그 국방부가 말이다.

"그러면 우리가 그걸 바꾸자는 거야?"

"그래."

군대에서 저지른 일은 거기에 두고 온다는 것이 일반적인 시각이다. 하지만 거기서 저지른 범죄가 사회까지 따라온다는 것을 알게 되는 순간 사람들은 극도로 조심할 것이다.

"죄의 그림자는 긴 법이거든."

그리고 이제 그 대가를 치를 시간이었다.

장만허는 자신에게 날아온 손해배상 청구를 보고 눈을 꿈틀했다.

"이건 뭐야?"

성추행 및 유사 강간, 구타와 가혹 행위에 대한 손해배상.

배상금은 무려 8천만 원, 그것도 한 명당 그 금액이었다.

"이런 미친."

그는 어이가 없어서 손이 부들부들 떨렸다.

"이런 씨발."

고소인들은 바로 자신의 후임이었던 새끼들이었다.

놈들의 이름을 확인한 순간, 그는 화가 머리끝까지 나서 전화기를 들었다.

─네, 법무 법인 새론입니다.

"이봐요! 지금 이거 뭡니까?"

─무슨 말씀이신지?

"지금 나한테 날아온 소장 말입니다!"

건너편에서 들려오는 여자의 목소리에 장만허는 언성을 높이며 소리를 질렀다. 그러자 사건 번호를 들은 상대방, 즉 손채림의 목소리에 살짝 혐오가 깃들었다.

－읽어 보신 대로입니다. 한글은 읽을 줄 아시죠?

"뭐? 씨발, 이거 증거 있어? 증거 있느냐고!"

－증거는 없지만 증언은 있지요. 그리고 성범죄는 기본적으로 증언에 의해 처벌되는 건데, 모르셨나 봐요? 아, 그리고 후임분들을 수소문하고 있습니다. 그분들의 증언도 받아 낼 거니까 걱정하지 않으셔도 됩니다.

장만허의 말문이 턱 하고 막혔다.

'이런 염병할.'

그도 자신이 군대에서 어떤 짓거리를 했는지 당연히 모두 기억한다. 말 그대로 개진상을 떨다가 왔다.

아니, '개진상' 수준이라면 차라리 다행일 것이다.

그런데 그 짓을 당한 후임들을 다 모은다고?

－다음 소장이 추가로 들어가려면 한 달쯤 걸릴 테니 좀 기다려 주세요.

장만허의 다리가 풀리기 시작했다.

"민사는 알겠는데 형사 소장은 뭐야?"

"법이 바뀌면 형사도 넣어야지."

"법이 바뀌면?"

"그래. 현재 국회에서 계류 중이거든."

"그래?"

손채림은 옆에 가득한 고소장들을 보면서 고개를 갸웃했다.

"법이 바뀔까?"

"바뀔 거야. 걱정하지 마."

노형진은 히죽 웃으며 말했다.

정확하게 기억한다.

몇 달 후, 형법 중 강간죄 부분이 일부 바뀐다. 친고죄가 폐지되어서 일반 죄로 변경된 것이다.

'그것도 중요하지만, 무엇보다도 객체가 바뀌지.'

원래 강간죄 관련 법 조항에는 '부녀'라는 말이 들어 있었다. 그래서 강간의 피해자가 여자인 경우에만 신고할 수 있었다.

하지만 몇 달 후 그 말이 '사람'으로 바뀌면서, 남성 피해자들 역시 강간 고소를 할 수 있게 된다.

'그때 밀어 넣으면 아마 피바람이 불 거야.'

노형진은 잔뜩 쌓여 있는 소장을 보면서 미소 지었다.

손채림은 아직 바뀌지도 않은 법을 가지고 고소한다고 하는 노형진이 이해가 안 가는 모양이었지만 말이다.

"사건 진행은 어떻게 되어 가?"

"일단은 사건을 부대별로 구분하고 있어. 그런데 중첩되는 사람이 의외로 많더라고."

"그럴 거야. 군대라는 조직은 아무래도 한 사람만 사는 곳이 아니니까."

"국방부에서 왜 이런 걸 안 거를까? 게이는 군대에 가면 안 되는 거 아냐?"

"그건 아니지. 정상적인 사람이라면 말이야."

"정상적인 사람? 게이라는 게 정상이 아닌 거 아냐?"

"글쎄. 일단 나와 성적 취향이 맞지 않는 건 확실하지만 정상이다 아니다로 구분할 문제는 아니지."

"음……."

"게이도 사람이야. 그리고 일반적인 인권의 문제에서 본다면 그들도 동일한 인권과 책임, 권한을 가지고 있지. 그러니 그들이 군대에 가는 것은 당연해. 문제는 군대의 시스템이 그중 소수의 범죄 성향을 보호하는 역할을 한다는 거야."

자신의 성 정체성을 숨기고 군 생활을 잘 마치고 나오는 동성애자도 많다. 심지어 장교로 일하는 사람도 많고 말이다.

그저 성적 취향이 동성이라고 해서 차별할 만한 것은 아니다.

"문제는 그중 일부, 강간범 성향을 가진 놈들이지. 그들이 상급자가 된다면 말 그대로 그 녀석들 앞에 있는 건 뷔페니까. 비교하자면, 강간범을 여탕에 밀어 넣는 셈이랄까?"

"무슨 소리인지 알겠다. 미친놈은 어딜 가나 미친놈이라는 거지?"

"정답."

일반적인 남자라면 여탕에 들어가면 다급하게 뛰쳐나오거나 눈을 감을 것이다. 하지만 강간범들은 눈이 돌아갈 것이다.

마찬가지다.

남자 중 극히 일부가 강간범이듯, 동성애자 중 극히 일부가 강간범일 뿐이다.

"소송에 필요한 증인을 모으는 거야 어렵지 않고."

제대한 사람들 중 일부는 먼저 제대한 선임의 연락처를 가지고 있다. 또는 동기들 중 일부의 전화번호를 가지고 있고.

"그런 범죄 성향을 가지고 있는 놈이 한 사람만 그렇게 괴롭히지는 않을 테니까."

노형진이 피식 웃으며 말하는 순간, 문이 빼꼼 열리면서 직원이 고개를 내밀었다.

"합의하러 왔다고 하던데요."

"누군데요?"

"장만허라는 사람인데요."

"아아, 들어오라고 하세요."

직원이 나가고 나자 손채림은 피식 웃었다.

"진짜 호랑이도 제 말 하면 온다더니."

사고를 한 번만 치지 않은 사람들.

그중 한 명이 바로 장만허였다.

의뢰를 맡긴 사람은 곽인호와 이태민 두 사람뿐이었지만, 그들에게 넘겨받아서 추적할수록 범죄의 규모가 계속 더 커지고 있었다.

위계에 의한 유사 강간, 폭행, 가혹 행위, 갈취 등등.

"실례합니다."

문이 열리자 장만허는 쭈빗거리면서 들어왔다.

그리고 그의 뒤로는 한 남자가 무심하게 따라 들어왔다.

"반갑습니다. 노형진입니다. 환영한다는 말은 못 하겠네요."

노형진은 장만허를 바라보면서 말을 꺼냈다.

오늘 그는 합의를 하기 위해 여기까지 온 것이다.

'딱 봐도 저쪽은 변호사군.'

친척치고는 상당히 침착하고, 복장부터 가방까지 '나는 변호사입니다.'라고 말하는 듯한 느낌이다.

"우서만이라고 합니다."

상대방이 명함을 건네면서 자리에 앉자 바로 합의가 시작되었다.

"일단 증거를 보고 싶은데요."

"싫은데요."

"네?"

노형진은 우서만의 말을 단칼에 잘라 버렸다.

그리고 그 말을 들은 우서만은 당황했다.

'뭐 하자는 거야?'

합의라는 것은 양측이 다 좋은 결과를 내자는 의미에서 하는 행동이다. 그런데 증거를 보여 주기 싫다니?

"우리가 그쪽에 우리가 가진 증거를 보여 줄 이유는 없습니다만?"

"고발하셨다면 당연히 그 증거가 있을 텐데요? 그 여부를 확인해야 합의를 진행할 수 있습니다."

"그래요? 그러면 합의하지 말지요, 뭐."

"크음……."

상당히 불편한 얼굴이 되는 우서만.

노형진은 그런 그에게 쐐기를 박았다.

"그냥 민사에만 쓸 게 아니라서요."

"민사에만 쓸 게 아니다?"

"네. 아시다시피 현재 국회에서는 강간죄 개정안이 계류 중입니다. 그러니 올해 안에 개정될 겁니다. 주요 내용은 강간죄 부분에서 친고 조항을 없애고 강간의 피해자를 부녀자에서 사람으로 수정하고 강간죄의 공소시효를 15년에서 25년으로 늘리는 거지요, 아시겠지만."

"그건 게……."

우서만은 몰랐던 듯, 당황한 얼굴이 되었다.

"그런 증거를 저희가 미리 드려서 대처하게 할 이유는 없지요."

"크윽……."

물론 민사 하기 위해서는 증거를 제출해야 한다. 그리고 그걸 상대방이 받아 들고 대응하거나 반박할 시간을 줘야 한다.

'하지만 시간이라는 게 다 같은 건 아니거든.'

재판에 들어간 후 주면 저들이 대응할 수 있는 시간은 길어 봐야 2주나 3주 정도.

하지만 지금 주면 저들은 시간을 질질 끌면서 몇 달씩 대처할 수도 있다.

'넌 너무 정석적이야.'

노형진은 상대방 변호사인 우서만을 바라보면서 씩 웃었다.

우서만이 보여 준 모습은 합의에 들어가는 변호사의 정석 그 자체였다.

증거를 확보해서 검토하고, 그에 따라 승소 여부를 가늠하고.

'하지만 그건 어디까지나 합의의 문제.'

합의라는 것은 양측이 서로 대화를 통해 타협점을 찾아내는 거다.

즉, 노형진이 증거를 내주는 순간 합의가 시작된다는 것이다.

'당연한 심리전이지. 내가 바보도 아니고.'

당연히 합의가 진행되면 합의금이 얼마냐의 문제가 된다.

저들은 한 푼이라도 더 깎으려고 할 테고, 이쪽은 한 푼이라도 더 받아 내려고 할 테고.

그런데 이쪽에서 증거를 주지 않는다면?

제대로 응하지 않는다면?

저쪽의 선택지는 돈을 다 주느냐 깎느냐가 아니라, 이쪽 조건을 받아들이느냐 마느냐가 된다.

"그러면 합의가 이루어지지 않을 수도 있습니다만?"

우서만은 노형진을 압박하기 위해 은근히 압력을 넣었다.

합의하지 않으면 너한테도 좋을 게 없다는 뜻이다.

물론 그건 노형진이 예상한 수다.

"잠시만요."

옆에 있던 손채림이 노형진에게 귓속말로 작게 중얼거렸다.

"그러다 파투 나면 어쩌려고."

"걱정하지 마. 절대로 파투 안 내."

"어떻게 확신해?"

"그냥 손해배상을 하느냐 마느냐와 처벌을 당하느냐 마느냐는 전혀 다른 문제거든."

노형진은 나지막하게 말했다.

손채림은 고개를 갸웃했지만 노형진은 그저 미소를 지으면서 느긋하게 자세를 잡을 뿐이었다.

"이런 식이면 돈 못 드립니다."

"안 주셔도 됩니다. 저희는 나중에 압류해도 되니까요."

어깨를 으쓱하는 노형진.

"거기에 적혀 있는 금액에서 단돈 1원도 못 빼 드립니다."

"뭐요?"

"참고로 말씀드리면, 후임 세 분을 더 찾았습니다. 그분들도 장만허 씨에 대한 더러운 추억이 아주아주 많더군요. 초소 안을 그렇게 좋아하셨다면서요?"

"……."

장만허의 얼굴이 확 붉어졌다.

초소에 같이 근무하러 갔을 때 몇 번이나 입으로 자신의 성기를 빨라고 강요했기 때문이다.

"그분들도 소송하실 겁니다. 배상금은 같을 거구요. 단 한 푼도 안 빼 드립니다."

"그만둡시다."

우서만은 자리에서 벌떡 일어났다.

"합의고 뭐고, 그냥 법대로 가지요."

"그럽시다."

"헉!"

"변호사님!"

"걱정하지 마세요. 어차피 손해배상 해 봐야 저렇게 안 나옵니다."

우서만은 장만허에게 자신 있게 말하고는 피식거리면서 문 쪽으로 돌아섰다. 그러자 장만허는 우물쭈물하다가 바깥으로 따라 나갔다.

"야! 어떻게 해! 진짜 합의 안 한다잖아?"

"다시 돌아올 거야."

"어떻게 알아?"

"내가 아까 개정 이야기를 왜 했을 것 같아?"

"응?"

손채림은 고개를 갸웃했다.

그러고 보니 아까 분명히 노형진은 법이 개정되는 것에 대해 이야기했다.

일반적으로 법을 개정하는 것은 합의할 때 이야기하지 않는다.

그저 그 당시 그 법에 대해서만 이야기할 뿐이다.

"아마 돌아가면 그에 대해 확인하겠지."

"그리고?"

"그리고 돌아올 거야."

노형진은 확신하고 있었다.

"으음……."

장만허의 사건을 담당하는 우서만은 모니터를 보다가 눈을 문질렀다.

"변호사님, 그러면 소송으로 가는 건가요?"

"후우…… 그건 힘들 것 같습니다."

"네? 그게 무슨……?"

"법이 바뀌었습니다. 아니, 바뀔 겁니다. 그 변호사, 똑똑

하군요. 외통수예요."

"외통수요?"

"네."

그는 눈을 찡그리며 말했다.

"그가 한 말을 확인해 보니 진짜더군요. 현재 국회에서 계류 중입니다. 법은 확실하게 바뀔 겁니다."

"그게 무슨 말씀이신지?"

"강간죄로 처벌받는 걸 피하실 수 없게 된다는 뜻입니다. 이 경우는…… 아무래도 실형은 못 피할 겁니다. 그것도 상당히 길게요."

장만허는 공포로 다리가 풀렸다.

강간죄로 처벌을 받는다니? 그게 무슨 말도 안 되는 소리인가? 자신은…….

"저기…… 저는…… 여자는…… 손을 댄 적이 없습니다."

장만허는 떠듬떠듬 변명했다.

하지만 우서만은 그런 그를 보면서 고개를 흔들었다.

"그래서 그가 경고한 겁니다."

"경고요?"

"네. 말씀드렸다시피, 법이 바뀝니다. 그러면 그때는 법적으로 인정되는 '강간'의 피해자가 부녀자가 아닌 '사람'이 됩니다. 남자를 강간해도 처벌받게 된다는 겁니다."

"그런 말도 안 되는……."

"물론 방법이 없는 건 아닙니다만……."

"네? 방법이 있어요?"

"네. 사실 법적으로 본다면 법이 바뀌기 전에 저지른 죄에 대해서는 법이 바뀌어도 적용하지 않는 게 원칙이거든요."

얼굴이 환해지는 장만허.

실제로 법이 바뀌거나 생기기 전에 벌어진 일은 이후에 처벌하지 못한다.

지금은 올바르거나 평범한 일이, 갑자기 법이 바뀌어 소급 적용되어 모조리 범법자가 되는 것을 막기 위한 원칙이다.

그러나 장만허의 밝은 얼굴은 채 10초도 가지 못했다.

"대신에 사회적으로 매장될 겁니다."

"매장요?"

"네. 그래서 저들이 우리를 압박하는 겁니다. 아마도 저들이 가진 증거는 다른 피해자들의 강간 사실에 대한 증언뿐일 겁니다."

"대상이 안 된다면서요? 그런데 왜요?"

"대상은 안 되겠지만 사회적으로 매장당할 겁니다. 군대에서 벌어지는 동성에 대한 강간, 이게 법이 바뀌고 나서 뉴스에 나가지 않을 리 없지요."

"매장……."

"네."

만일 저들에게 증거가 있다면 한두 건에 국한되는 사건이 아닐 것이다. 그리고 동성 강간 사건의 첫 번째 사례로 신고될 것이다.

"당했네요."

이런 상황이면 어느 쪽을 선택하든 자신들이 불리하다.

버티면 자신들에 대한 응징이 강해질 가능성이 있다.

노형진이 기회를 줬다는 것 자체가 확실한 증거니까.

변호사는 법이 바뀌는 걸 모르고 있었다. 그런데 노형진은 굳이 그걸 알려 줬다. 자신이 유리하게 쓸 수 있는데 말이다.

즉, 경고한 것이다.

원하면 이제 인생을 파멸시킬 수 있다고. 이건 안다고 해서 막을 수 있는 게 아니라고 말이다.

처벌이야 피하겠지만 형사소송을 하게 되면 주변 인물에 대한 조사와 증언 수집이 이루어질 테니, 장만허는 사회적으로 매장될 수밖에 없다.

'나 같아도 그러겠지.'

당장 부모만 불러도, 부모는 그와 연을 끊어 버릴 것이다.

"저쪽의 요구는 간단합니다. 매장되기 전에 돈 내놔라."

"네?"

"확실한 증거를 쥐고 있으니까요."

처벌이 끝이 아니다.

노형진이 형사를 밀어 넣고 사회적으로 매장하기 시작하면, 장만허는 재기가 불가능해진다.

"미안합니다. 이번에는 방법이 없습니다."

우서만은 고개를 푹 숙이며 말했다.

실로 절망적인 상황에, 장만허는 절로 눈물이 쏟아졌다.

"뭐어? 증거가 없어?"

"어. 없는데?"

노형진의 말에 손채림은 입을 쩍 벌렸다.

"그게 말이나 돼? 증거 있다며?"

"증언이야 넘치지. 하지만 증거는 없어."

"그런데 왜 있다고 한 거야?"

"합의하려고?"

노형진은 피식 웃으며 말했다.

방금 전 우서만에게서 전화가 왔다, 합의하겠노라고.

그런데 증거가 없다니.

"엄밀하게 말하면 형사에 대한 사건이 같이 있으면 그 배상액은 올라가야 해. 하지만 현재는 형사사건이 없지. 사건도 불가능하고."

"그건…… 아!"

노형진은 절묘하게 협박한 것이다.

노형진이 과거의 사건은 법이 바뀐 후에도 처벌하지 못한다는 것을 모르지는 않을 테니까.

"하지만 일단 고소가 들어가면 사회적으로 매장되는 것은 피할 수 없어. 꽃뱀들이 노리는 거지."

그래서 대부분은 사건을 무마하고 만다.

사회적으로 강간범이라고 확정되면 그가 할 수 있는 것은 거의 없다고 봐야 하기 때문이다.

"그렇다고 무고로 고소한다? 어쨌든 사건 자체는 존재하니 그것도 불가능해."

"헐."

결과적으로 그들은 외통수다.

받아들이지 않으면 그보다 몇 배나 많은 배상금을 내야 하는 상황이 되는 것이다.

"물론 민사로 가면 좀 더 깎을 수는 있겠지. 하지만 그렇게 되면 어쩔 수 없이 형사소송으로 인한 피해도 감당해야 해."

깎을 수 있는 돈은 기껏해야 1천만 원 정도.

그 정도 때문에 사회적으로 매장당하는 것은 감당할 수 없었을 것이다.

"뭐, 피해자들에게 충분한 보상이 되지는 않겠지만."

하지만 그로 인한 트라우마를 치료하기 위한 치료비로는 충분할 것이다.

"사실 외부로 나온 사람들은 고민할 게 없는데……."

노형진은 서류를 덮으면서 고민에 빠졌다.

이미 밖으로 나온 사람들은 문제 될 것이 없다. 문제는 내부다.

제대하고 나온 사람이야 더러운 추억이라고 덮어도 그만이고 지금처럼 고소 고발을 하는 것도 가능하다.

아직 폭력에 대한 공소시효가 지나지 않았다면 그 건으로 고발을 해도 된다.

문제는 지금 군에 있는 사람들이다.

"그들은 철저하게 위로부터 억압당하고 있어. 그래서 소송도 불가능하지."

"하긴, 소송한다고 하면 위에서 엄청나게 찍어 대겠네."

"그래."

당장 소송 당사자를 폭행하거나 강간한 범죄자뿐만이 아니라, 앞으로 승진이 막히게 될 게 뻔한 장교들 역시 게거품을 물면서 찍어 누르고 괴롭힐 게 뻔했다.

"그러면 어쩌지?"

"어쩌긴. 그런다고 소송 안 해?"

"하지만 자기가 당할 걸 알면서도 하려고 할까?"

대한민국의 수백만 군인들, 그들 중에 있는 수많은 피해자들. 그들은 보호받지 못하고 괴롭힘을 당할 것이다.

"그러니까 소송을 해야지."

"응?"

노형진은 피식 웃었다.

"아 다르고 어 다른 게 법이야."

"그거야 아는데, 지금 상황에 그게 중요한가?"

"중요하지."

노형진은 손가락을 흔들면서 두툼한 서류를 꺼내서 손채림에게 건넸다.

그걸 받아 든 손채림은 읽어 보다가 눈을 꿈틀했다.

"이게 소장이라고?"

"그래."

"이렇게 소장을 작성하려고?"

"맞아."

"그리고 소송을 한다고?"

"정답."

"미친 거야, 아니면 똑똑한 거야?"

노형진이 내놓은 소장. 그건 손채림의 예상을 뛰어넘는 것이었다.

사실 손채림은 노형진이 그 범죄자를 대상으로 소송할 거라 생각했다.

그러나 노형진은 그런 멍청한 실수를 하지 않았다.

"아까 스스로 말했잖아, 범죄자를 대상으로 소송해 봐야 어차피 장교가 사건을 은폐할 거라고."

"그렇지. 그건 당연한 거긴 한데……."

"그러니까 장교를 대상으로 소송을 하는 거야. 정확하게는, 같이 하는 거지."

"같이? 가해자랑?"

"그래."

"그런다고 안 괴롭힐까?"

노형진은 피식 웃었다.

"안 괴롭히지는 않겠지. 하지만 못 괴롭히기는 할걸."

"응?"

"누구나 너랑 같은 생각을 할 테니까."

부하가 장교를 고소한다면 그 장교가 그 부하를 가만둘 리 없다.

그건 손채림뿐만 아니라 누구나 그렇게 생각한다.

"그리고 우리가 노리는 것은 바로 그거지."

소송 당사자가 상급자로 있다는 것은 군 조직의 붕괴를 의미한다. 당연히 노형진은 법원을 통해 그에 대한 해결을 요구할 수 있다.

"법원을 통해 부대 이동을 요구할 거야."

"아!"

아무리 군대라고 해도 법에서 완전히 자유로운 것은 아니다.

물론 정보나 군 내부의 문제는 군사기밀과 같은 것을 이유로 감추면서 철저하게 은폐할 수 있다.

"하지만 이건 아니지."

정보를 요구하는 것도, 내부의 정보를 캐 오는 것도 아니다.

피해자와 가해자와 소송 당사자인 장교가 같은 부대에 있다는 사실뿐이다.

"이런 소송은 내부의 정보가 중요한 게 아니지."

"그렇구나."

국방부 입장에서는 이걸 가만둘 수도, 취하시킬 수도 없다.

군 법원의 소송도 아니거니와, 이걸 강제로 취하시킨다는 것 자체가 국방부가 가해자를 보호한다는 뜻이 되어 버리기 때문이다.

"우리나라는 징병제야. 대부분의 군인들이 어쩔 수 없이 군대에 끌려가지."

노형진은 서류를 다시 정리하면서 말을 이어 갔다.

"반대로 말하면, 어차피 대부분의 사람들은 장교고 뭐고 다시 볼 일이 없다는 거야."

"그러네, 후후후."

손채림은 노형진이 뭘 노리는지 바로 알아차렸다.

"과연 국방부에서 뭐라고 할지 두고 보자고."

⚖️

이상위 대위는 두 손이 부들부들 떨렸다.

자신에게 날아온 소장.

민간 법원에서 날아온 소장이다.

"이게 무슨……."

부대 내 가혹 행위 및 폭행에 대한 관리 책임을 물어서 손해배상을 하라는 소장이었다.

그리고 그 범죄행위를 했다는 사람은 다름 아닌 자신의 부하.

"이 개새끼가!"

물론 자신의 휘하에서 무슨 일이 벌어지고 있는지는 안다. 하지만 그럼에도 불구하고 모른 척하고 있었다.

오히려 가끔은 그렇게 하라고 암묵적인 방향을 잡아 주기도 했다.

그가 생각하기로는 군대라는 조직은 철저한 상명하복으로 이루어져야 하며, 그러기 위해서는 철저한 군기가 바탕이 되어야 하기 때문이다.

물론 그가 생각하는 군기라는 것은 일반인이 보기에는 똥군기일 뿐이었지만.

"야! 수찬혁이 불러와! 이 개새끼!"

소장을 받은 이상위는 바로 소송 당사자인 수찬혁을 불러왔다.

호출을 받은 수찬혁은 이를 악물었다.

'각오는 했다.'

사실 그냥 똥 군기뿐이면 그냥 참으려고 했다.

어차피 그는 1년만 지나면 나간다. 정확하게 말하면, 이제 상병이니 6개월만 지나면 군 생활을 편하게 마무리 지을 수 있다.

'개새끼.'

내무반에 누워서 가랑이 사이를 긁으면서 히죽거리는 자신의 고참을 본 수찬혁은 이를 박박 갈았다.

사실 그가 이런 식으로 독하게 마음먹은 이유는 그 때문이었다.

수찬혁에게는 누나가 한 명 있는데, 일찍 결혼한 유부녀였다.

그런데 저 고참이라는 놈이 우연히 사진을 보고는 소개시켜 달라고 매달린 것이다.

말도 안 되는 소리였다. 유부녀를 소개시켜 달라니.

결혼했다고 수십 번을 말해도, 그는 어차피 한강에 노 젓는 건 티도 안 난다면서 끊임없이 소개를 요구했다.

심지어 자신이 작업을 하는 사이에 관물대를 뒤져서 누나의 연락처를 알아내고는 스토커 짓을 하고 있었다.

수십 번이나 편지를 보내고 집으로까지 찾아가는 통에 중대장에게 보고했지만, 중대장은 어차피 3개월 후면 그가 나가니까 참으라는 말만 할 뿐이었다.

'그게 문제다, 이 개자식아.'

군대에 있는데도 스토커 짓을 하는 놈이니 3개월 후에 나가면 무슨 짓을 할지 모른다.

결국 그런 편지와 스토커 짓 때문에 부부 싸움을 넘어서 이혼 소리까지 나온다는 말에 수찬혁은 마음을 독하게 먹었다.

"후우……."

수찬혁은 숨을 가다듬고 중대장 사무실로 들어갔다.

"상병 수찬혁, 부름을 받고……."

퍼억!

그러나 채 말이 끝나기도 전에 그는 복부를 맞고 바닥을 나뒹굴었다.

"야, 이 개새끼야! 미쳤어! 어! 상관을 고소해? 어! 너 미친 거 아냐?"

휘청거리면서 일어나려는 수찬혁의 얼굴을 이상위 대위는 마구마구 주먹으로 패기 시작했다.

"어억!"

"이 개새끼가 미쳤어? 어? 너 군 생활 꼬이고 싶지!"

그것도 부족해서 넘어트리고 발길질을 하기 시작하자, 비명을 듣고 달려온 중위 두 명 중 한 명이 깜짝 놀라서 이상위 대위를 붙잡았다.

"중대장님! 지금 뭐 하시는 겁니까!"

"놔! 안 놔, 이 개새끼야! 안 놓느냐고!"

"이러시면 안 됩니다, 중대장님!"

"야, 이 개새끼야! 여기 군대야! 알아! 여기서 너 하나 뒈져도 사고사로 처리하면 끝이야! 어디서 장교를 상병 따위가 고소를 해! 어!"

길길이 날뛰는 중대장의 말에 말리던 중위는 깜짝 놀라서

같이 있던 병사를 바라보았다.

"그게……."

"이게 무슨 소리야!"

"수찬혁 상병이 중대장님을 업무상 배임으로 고소하고 손해배상을 청구했습니다."

"뭐?"

중위는 깜짝 놀라서 멍하니 있다가 눈을 찌푸렸다.

그 역시 그동안 무슨 일이 벌어지고 있었는지 알고 있었기 때문이다.

"야, 이 개새끼가 미쳤어!"

그러나 다른 중위 한 명은 버럭 언성을 높였다. 수찬혁이 속한 소대의 소대장이었다.

"이 새끼야! 너 정말 미친 거 아냐?"

"후우…… 중위님도 고소했습니다."

수찬혁은 작심한 듯 피식 웃으면서 말했다.

그러자 중위 역시 눈깔이 돌아가서 달려들었다.

"야, 이 개새끼야!"

"억! 막아!"

중대장을 잡고 있던 다른 중위는 깜짝 놀라서 소리를 질렀다.

자신이 대위를 잡고 있으니 중위까지는 잡을 수가 없었기 때문이다.

"야, 이 개새끼야! 너 죽여 버릴 거야!"

"막으라고! 야! 수찬혁이 데리고 내무실로 들어가, 어서!"

"너 이 새끼! 누구 마음대로 들어가래! 죽여 버릴 거야!"

길길이 날뛰는 두 사람을 보면서 중위는 등골이 서늘해졌다.

'씨발……'

이대로 두면 일이 이만저만 커질 것 같지 않았다.

그는 뒤에 있는 자신의 소대 분대장에게 눈짓을 했다.

평소에 눈치가 빨라서, 눈빛만으로도 통한다고 할 만한 놈이었다.

아니나 다를까, 그는 고개를 끄덕거리고 서둘러서 아래층으로 내려가는 듯하더니 5분도 지나지 않아 다시 올라왔다.

"중대장님이랑 소대장님 두 분 다, 대대장님이 오시랍니다."

"뭐?"

"대대장님이 당장 오시라고……."

"니미 씨발!"

아무리 중대장이라고 해도 대대장의 명령을 무시할 수는 없다. 그의 말대로 군대니까.

중대장이 자신을 붙잡고 있는 중위의 손을 뿌리치자 그제야 중위는 그를 풀어 줬다.

"갔다 와서 죽인다, 저 새끼."

두 사람이 대대장에게 불려 간 후, 그는 한숨을 쉬면서 내무반으로 향했다. 그리고 수찬혁을 불렀다.

"너 왜 그랬나?"

"아시잖습니까?"

"얀마! 어차피 3개월 후면 저 새끼 나가!"

"그래서 더 그러는 겁니다. 군대에서도 스토커 짓을 하는 새낀데 나가면 무슨 짓을 할 줄 알고요. 지금 우리 누나 이사 한다고 집 구하고 있습니다."

"끄응……."

"그리고 당한 사람이 저뿐만이 아니지 않습니까?"

"그래도 그렇지."

중위는 한숨을 쉬었다.

중대장은 똥 군기의 신봉자다.

군기가 있어야 군대가 유지된다고 하면서도, 그가 하는 짓 은 결국 똥 군기 잡는 것뿐이었다.

자기 말을 제대로 안 듣는다 싶으면 병장급을 모아 두고 은근히 구타를 유도하고 있다는 것도 알고 있었다.

"후우…… 그래서 너, 어쩔 거야?"

"어차피 여기 계속 있을 생각 없습니다."

"그게 마음대로 되냐?"

"그렇게 될 겁니다. 변호사랑 이야기가 다 되어 있습니다."

"변호사……."

중위의 얼굴이 딱딱하게 굳었다.

문득 생각이 났다. 지금 어떤 변호사 집단이 군대 내 행위 에 대한 민사를 대행해 주고 있다던가?

"하아…… 씨발."

그는 머리를 북북 긁었다.

제대하고는 당연히 할 수 있을 거라고 생각했지만 설마 군 내부에서 민사를 걸 줄이야.

"너 하나야?"

"네?"

"내가 바보냐? 중대장한테 당한 사람이 한두 명이 아니라고 네가 그랬잖아."

수찬혁은 입술을 깨물었다.

그런 수찬혁에게 중위는 담배를 꺼내서 건넸다.

"이야기해, 인마. 어차피 시간 지나면 다 알게 될 텐데, 내가 알아야 도와주지."

"도와주신다고요?"

"그래, 인마."

"하지만 중위님은……."

"중위는 개뿔. 안마, 툭 까놓고 말해서 나도 병으로 끌려오기 싫어서 ROTC 지원해서 온 거야. 중위가 끝이야. 대통령이 말뚝 박으라고 해도 안 박아. 내가 너희 마음을 모를 것 같냐?"

"……."

"세상에는 저런 똥 덩어리 같은 새끼도 있지만 상식 있는 사람도 많다. 어차피 터트릴 거라면 제대로 증언해 줄 사람

필요하잖아."

"중위님……."

"어차피 나도 6개월이야, 인마. ROTC 승진시켜 주는 거 봤냐? 그걸로 오면 군대에서는 미래가 없어. 그럼 차라리 저 똥 덩어리한테 엿이라도 먹이고 가는 게 낫지."

"저 말고 열다섯 명 더 있습니다. 일단은 제가 총대 메다가, 손발이 묶이면 다른 아이들도 하기로 했습니다."

"그래?"

길게 담배를 뿜어낸 중위는 품에서 볼펜을 꺼내고 주머니를 뒤적거리더니 영수증으로 보이는 종이 쪼가리를 꺼냈다. 그리고 전화번호 하나를 적었다.

"이건……?"

"내 핸드폰 번호. 변호사한테 여기로 전화해 달라고 해. 조용히 있다가 소송할 때 증언해 준다고."

"알겠습니다. 감사합니다."

"감사는 무슨. 이게 정상이지."

연기를 뿜으면서 그는 대대장실을 바라보았다.

"그래, 막나가자. 기왕 통칠하는 거, 대대적으로 해 보자고."

얼마 후 노형진은 수찬혁의 가족과 함께 수찬혁의 부대를 찾았다. 그리고 면회 신청을 했다.

그러나…….

"면회가 불허가되었습니다."

위병소에 있는 병사는 곤혹스러운 듯 말했다.

외박도 아니고, 부대 내에서의 면회 신청인데 불허가된 경우는 처음 봤기 때문이다.

"그래요?"

"네."

노형진은 고개를 돌려서 수찬혁 상병의 가족들을 바라보았다. 잔뜩 불안해하는 모습.

'뭐, 예상은 했지만.'

당연하다면 당연한 거다.

손채림이 예상했던 것을 그의 가족이 예상하지 못할 리 없으니까.

'그리고 당연한 거고.'

노형진은 피식 웃었다.

이미 예상했던 일이니 그에 대한 대응책은 이미 준비되어 있었다.

"그러면 어쩔 수 없지요."

노형진은 전화기를 들었다. 그리고 미리 준비한 곳으로 전화를 걸었다.

"여보세요. 거기 국군 기무사죠?"

순간 위병소에 있던 병사들의 얼굴이 사색이 되었다.

기무사. 군인들에게는 천적 같은 곳이다.

군인을 감찰하고 조사하는 곳.

설마 단순한 면회 거절 하나만으로 그곳에 전화할 줄은 몰랐던 것이다.

"노형진 변호사라고 합니다. 군 내부에 제 의뢰인이 있는데, 부대장이 못 만나게 하고 있거든요. 네? 그럴 리가 없다고요? 그럴 수도 있어요. 부대장이 소송 당사자거든요. 네. 이거 말도 안 되는 거 아닙니까? 교도소에서도 변호사 면접권은 막지 못하는데, 군사기밀이 새어 나가는 것도 아니고, 가해자가 나서서 피해자가 변호사도 못 만나게 막는다는 게? 이거 그대로 뉴스에 낼까요? 동행한 기자분도 계신데. 네. 아, 오신다고요? 뭐, 알겠습니다. 예쁘게 하고 오세요. 사진 잘 나오셔야 할 테니까."

통화를 마친 노형진은 씩 웃었다.

"오신다네요."

그러면서 창백하게 바라보는 사람들을 보면서 미소 지었다.

"여러분도 한 장 찍으시겠어요?"

"아이고……."

"찬혁아, 미안허다. 흑흑흑……."

수찬혁의 가족은 얼굴이 퉁퉁 부은 수찬혁을 보고 오열했다.

단순히 부은 정도가 아니라 시퍼렇게 멍까지 들어 있었다.

"안 봐도 뻔하지."

분명히 주먹질을 했을 것이다.

그리고 면회하러 왔다니까 움찔했겠지. 그래서 면회 허가를 내주지 않은 것일 테고.

'어떻게 예상에서 한 치도 못 벗어나나.'

노형진은 씁쓸했다.

"괜찮습니까?"

"아마도요."

입술이 부르튼 수찬혁은 약간 발음이 새는 목소리로 이야기했다.

"의무대에는 갔다 오셨나요?"

"보내 줄 리가 있나요."

"미안합니다."

"미안하실 거 없습니다. 다 예상했던 일이니까요. 미리 이야기하시지 않았습니까?"

수찬혁은 애써 미소 지었다.

사실 노형진에게서 미리 이야기를 들었다.

폭행이 이루어질 가능성이 아주 높으며, 또한 제대로 치료받기도 힘들 거라고.

나중에 소송하면 국방부에서 공문이 내려간 후일 테니 그런 일이 없겠지만, 가장 먼저 소송하면 분명히 이렇게 될 거라고.

그럼에도 선택한 소송이었다.

"으음······."

뒤에 서 있던, 기무사에서 온 중위 한 명은 곤혹스러운 얼굴이었다.

사건 상황은 대충 들었고, 누가 봐도 구타당했는데 치료도 해 주지 않았다.

당장이라도 만남을 막고 싶지만 변호사가 있는 데다가 옆에서는 이미 기자가 사진을 찍고 인터뷰를 준비하고 있었다.

'젠장.'

피바람을 예상한 그는 조용히 나가서 어디론가 다급하게 전화를 걸었다.

"잘 참아 주셨습니다."

노형진은 그런 그를 힐긋 살피고는 수찬혁을 보며 다시 입을 열었다.

"오늘부터는 아마 손대지 못할 겁니다. 정식으로 부대 전출 소송이 이루어질 거구요."

"그러면 이제 다른 소장도 들어가나요?"

"네."

"그러면 다행이네요. 아, 그리고 여기로 연락해 보세요."

"이건 뭐죠?"

"다른 소대 중위님이신데, 이번에 제대 예정이십니다. ROTC 출신인데 쌓인 게 많아서 똥칠 좀 하고 가시겠답니다."

그걸 받은 노형진은 미소를 지었다.

'그렇지. 제대로 된 사람이 왜 없겠어?'

그들은 조용히 입을 다물고 있을 뿐, 기회가 된다면 분명히 바르게 행동할 사람들이다.

이런 식으로 쓰레기를 박멸하고 나면 당연히 군부대는 조금씩 나아지리라.

"알겠습니다. 자, 그러면 카메라를 보면서 웃으세요. 내일 전국에 얼굴이 나갈 겁니다, 후후후."

이것이 법이다

합법적 프래깅

　우리나라 군대에서 제일 무서운 것은 위에서 깨면서 내려오는 것이다.

　장군이 어디가 마음에 안 든다는 식으로 이야기한 게 대위나 중위쯤 되는 레벨까지 내려오면 그 부대는 천하의 당나라 부대에 개쌍놈이 되어 있는 식으로 말이다.

　하지만 이상위 대위는 오늘 아래에서 치고 올라오는 것도 무섭다는 걸 온몸으로 느끼고 있었다.

　"야! 이 새끼야! 너 미쳤어! 미쳤냐고!"

　대대장은 눈깔이 돌아갔다.

　돌아갈 수밖에 없었다. 멍청한 중대장 때문에 자신의 인생이 끝났으니까.

"대대장님…… 그게…….."

"대대장님? 대대장님? 지금 변명이 나와!"

그에게 신문을 던지는 대대장.

크게 박혀 있는 헤드라인이 한눈에 띄었다.

　　범죄자를 비호하는 국방부. 범죄자를 고소한 장병을 중대장이
구타, 장병은 치료도 받지 못해

　전국적인 뉴스가 터져 나갔고, 사건은 걷잡을 수 없을 만
큼 커지고 있었다.

"이 미친 새끼야! 이제 어쩔 거야! 어!"

이 정도 일이 터지면 징계만으로 끝나지 않는다.

최선으로 끝나 봐야 승진 누락이고, 최악의 경우 예편이다.

별을 바라보던 대대장의 입장에서는 인생이 끝난 것이나
다름없다.

'젠장…….'

이상위 대위는 입술을 깨물었지만 이제는 늦었다.

　그가 욱해서 사람을 팬 것도 사실이고, 그 후에 아차 해서
의무대도 안 보낸 것도 사실이며, 때마침 가족들과 변호사가
면회 온 것도 사실이고, 구타 사실이 드러날까 봐 자신이 만
나지 못하게 한 것도 사실이니까.

　교묘하기는 하지만 신문에서는 절대로 거짓말은 하지 않

았다.

"어쩔 거냐고! 어!"

당장 대대장은 연대장에게 끌려가서, 연대장은 사단장에게 끌려가서 조인트를 까였다.

졸지에 범죄 조직이 된 국방부가 아무리 변명하려고 해도 그동안 쌓인 게 있기 때문에 사람들은 그 말을 안 믿었다.

"대대장님…… 이건 시간이 지나면 수습이……."

"수습? 수습? 이 새끼야! 이게 형사인 줄 알아? 민사야! 민사! 군형법에 해당되는 게 아니라고!"

형사라면 군법정에서 적당히 무마할 수 있었을 것이다. 하지만 이건 민사고, 군대 내에는 민사 법정이 없다.

당연히 국방부에서 날고뛰어도 이걸 은폐할 수는 없다.

"아오, 씨발."

물론 민간 법정도 어느 정도 국방부의 편을 들어 준다.

특히나 의문사 같은 것은 대부분 국방부의 승리로 끝난다.

같은 국가조직이라는 점과 국방부가 국가를 수호하는 막중한 임무를 책임지고 있다는 점 때문에 은근히 편들어 주는 것이다.

하지만 그건 어디까지나 의문사같이 불명확한 사실에 한해서나 그러지, 지금처럼 증거가 넘치고 대놓고 폭행한 사건에서까지 편들어 주지는 않는다.

"후우……."

대대장은 이를 박박 갈았다.

마음 같아서는 개 패듯이 패고 싶었지만 국방부에서 절대로 휘하 병사들을 폭행하지 말라고 명령이 내려왔다.

'씨발.'

사실 그것만 터진 거라면 괜찮을지도 모른다.

하지만 그의 중대에서만 열다섯 명이 더 고소했다.

무려 열다섯 명.

중대원이 백쉰 명이니 10%가 고소한 셈이다.

'끝났다.'

대대장은 자신의 군 커리어가 끝장났다는 것을 알고 눈을 질끈 감았다.

"너, 당분간 근신해."

"대대장님!"

"나 부르지도 마, 이 개새끼야. 나도 근신이야, 징계 확정될 때까지."

"지…… 징계요?"

"그래. 그리고 이번에 사고 친 녀석들, 부대 옮길 준비 해."

"네?"

"그 새끼들 변호사가 자대 이동 청구 소송을 했단다. 그것도 민사로."

"그건 말이 안 됩니다! 그게 어떻게 민사로 되는 겁니까! 그건 민사로 될 수 있는 게 아니잖아요!"

"누가 몰라!"

사실 그건 민사를 건다고 해서 이행될 수 있는 성질의 것이 아니다. 부대 배치는 어디까지나 군의 권한이니까.

"하지만 안 옮기면 어쩔 건데? 어?"

"그……"

"그러면 우리가 어떻게 될까?"

소송의 승패와 상관없이 군대는 가해자와 피해자를, 그것도 가해자가 상관인 부대에 피해자를 그대로 배치해 둔 채 탄압하는 조직으로 보일 것이다.

법적인 지식이 없는 일반인들에게는 국방부가 조직적으로 피해자들을 탄압하는 것으로 보일 수밖에 없다.

"씨발, 개새끼."

끝없이 터져 나오는 대대장의 욕지거리에 이상위 대위는 고개를 푹 숙일 수밖에 없었다.

⚖️

–역시 우리의 주적은 장교지.

–기본급도 못 받는 병사들, 장교가 두둑하게 챙겨 주는구나.

–1년 반 고생하고 수천만 원 챙겨 오는 건가? 개꿀이네.

–우리 대대장 똥줄 타는 소리가 여기까지 들리네.

인터넷을 보면서 노형진은 피식 웃었다.

이번 사건이 터진 뒤로 병사들의 고소 고발이 확 늘었다.

"의외네. 막을 줄 알았는데."

"막기야 하겠지. 하지만 막히겠어? 우리는 징집이잖아."

"하긴."

어차피 안 볼 인간들이다. 그들의 인생이 망가지든 말든, 병사들이 신경 쓸 이유는 없다.

"물론 신고하지 말라고 교육은 하겠지. 하지만 그런다고 휴가를 막을 거야, 아니면 제대를 막을 거야?"

부대 내에서는 절대 신고하지 말라고 좋게 말하면 신신당부, 나쁘게 말하면 협박하고 있을 게 뻔하다.

그러나 한국의 군대는 전 세계 군대 중에서 학력이 제일 높다. 당연히 그런 말도 안 되는 소리에 흔들릴 리 없다.

"물론 어느 정도 약한 것은 귀찮아서라도 하지 않겠지. 그렇지만 아주 심한 경우는, 결국 고소를 막을 수 없어."

당장 고소한 사람은 피해를 입을 게 없다. 일단 고소가 진행되면 타 부대로 전출되기 때문이다.

"참으면서 고통받느냐, 고소하고 다른 부대로 가느냐인 거네?"

"그렇지."

물론 타 부대에 가면 아저씨니 뭐니 하면서 무시하는 사람들이 있을 수도 있다.

하지만 그런 경우에도 그냥 고소하면 된다.

"참으면 윤 일병, 못 참으면 임 병장 되는 꼴은 이제 안 나오겠지. 형사는 불가능해도 민사는 가능하다는 걸 다들 알 테니까."

"응? 참으면 윤 일병, 못 참으면 임 병장이 뭐야?"

"아…… 그런 게 있어."

미래에 벌어졌던 일, 하지만 이제는 벌어지지 않게 될 가능성이 높은 일이다. 참고 참던 윤 일병은 지속적인 가혹 행위 끝에 결국 사망했고, 못 참은 임 병장은 아군에 총질을 했다. 제대로 된 보호 시스템이 없는 군대라는 조직의 문제가 적나라하게 드러난 사건들.

"그나저나 슬슬 국방부에서 발악할 때가 됐는데."

"발악?"

손채림은 고개를 갸웃했다.

발악이라니? 이해가 가지 않았다.

명백하게 현행법을 위반한 사람들, 그것도 악질에 대해서만 지금 소송이 들어가고 있다. 그런데 국방부의 발악?

"애초에 우리나라 국방부의 병사에 대한 개념은 노예에 가까워. 그래서 병사들이 자신들의 권리를 찾는 것을 좋아하지 않지."

"그런가?"

"그래. 노예는 똑똑할수록 곤란한 법이거든."

"그런데 이제 와서 무슨 발악을 어떻게 한다는 거야? 우리나라에서 그럴 만한 게 있어?"

"있지. 우리에게는 민법이 있지만 저들에게는 군형법이 있거든."

"군형법이 이 상황에 무슨 의미가……."

"노 변호사님."

그때 문이 살짝 열리면서 직원이 얼굴을 들이밀었다.

"네? 무슨 일이신가요?"

"수찬혁 씨 쪽에서 연락이 왔는데요."

"연락요?"

"네. 군대에서 수찬혁 씨를 고발했다고……."

"고발?"

손채림은 고개를 갸웃했다. 수찬혁은 아무런 잘못도 하지 않았다. 그런데 군대에서 그를 도대체 무엇 때문에 고발한단 말인가?

"드디어 국방부가 발악을 하는군요."

그러나 노형진은 그저 씩 웃을 뿐이었다.

⚖️

군형법은 민간의 형법과는 그 구조가 완전히 다르다.

군대 내에서 조직을 유지하기 위해 어쩔 수 없는 구조로 되어 있다. 그래서 외부 형법에는 없는, 전혀 다른 법률 조항도 있다. 그중 하나가 바로 상관 모욕죄다.

"상관 모욕죄라……. 역시 그렇게 나왔나?"

"상관 모욕죄라니 이게 무슨……?"

"군대 내에 있는 특수한 법 중 하나야."

군대 내에서 상관을 모욕하는 경우 그 행위를 처벌하기 위해 있는 법률 조항이다.

"아니, 왜? 수찬혁 씨가 고소했다고 이러는 거야, 지금?"

"정답."

수찬혁은 명백하게 법원을 통해 고소했는데, 그게 상관 모욕죄에 해당된다는 것이다.

"아니, 이게 말이야, 막걸리야?"

법에서 인정되는 자기 구제 절차를 밟았다. 누군가에게 욕을 하거나 그의 명령에 반한 게 아니다.

그런데 상관 모욕죄라니.

"저쪽도 병사들의 입을 다물게 해야 할 테니까."

노형진은 이미 저들이 이렇게 나올 거라는 것을 예상하고 있었다.

"어차피 국방부에서 선택할 수 있는 카드는 두 개 중 하나뿐이야. 명령 불복종 아니면 상관 모욕죄. 하지만 개인의 기본권을 포기하라는 것은 불법적 명령에 해당되니 그건 해 봐야 소용없어. 그러면 뭘 선택하겠어?"

"상관 모욕이구나."

"그래."

상관 모욕죄는 2년 이하의 징역에 처하는 강력한 처벌을 가진다.

"사실 이게 악법 중의 악법이야."

"악법 중의 악법이라고? 군대에서 조직을 유지하려면 필요한 거 아냐?"

"맞아. 그건 인정해야지."

"그런데 왜 악법이야?"

"명확하지 않거든. 법의 명확성은 무엇보다 중요해. 그런데 이 상관 모욕죄 같은 경우는 법이 명확하지 않아."

물론 상관 앞에서 소새끼 개새끼 하는 거라면 문제가 심각하다. 그건 명백하게 처벌 대상이다.

그러나 그렇지 않은 경우도 처벌 대상이 되는 게 문제다.

가령 상병이 일병에게 우리 소위는 왜 저리 무능하냐고 하는 것도, 소위가 같은 동기끼리 우리 중대장 때문에 힘들어 죽겠다고 하는 것도 상관 모욕죄가 되는 식이다.

"아! 코에 걸면 코걸이, 귀에 걸면 귀걸이라는 거구나."

"그래. 존재할 필요는 있지만 그걸 이용해서 하위직의 사소한 불만까지 모조리 막고 병사들을 노예 취급할 때 써먹거든."

명령을 안 따르면, 그건 명령 불복종으로 처벌하면 그만이다.

경미한 범죄라면, 따로 군형법에 둘 필요도 없이 법률상의 모욕죄로 처벌하면 되고.

그럼에도 불구하고 상관 모욕죄는 가장 많이 이용되는 법률 중 하나다.

"왜 그런 건데?"

"핑계지."

"핑계?"

"음…… 가령 누가 부하에게 도둑질을 시키면 어떻게 될까?"

"그건 불법 아니야?"

"그렇지, 불법이지. 그런데 부하가 그게 불법 명령이라고 거부하면, 상관은 배알이 꼴리겠지?"

"그렇겠지. 군대라는 조직이 상명하복이라고 하지만 불법적인 명령에 대해서는 당연히 거부할 수 있는 권리가 있으니까."

"그때 그 상관이 상대방을 엿 먹일 때 쓰는 카드가 바로 상관 모욕죄야."

"아……."

상황 같은 건 상관없다. 그냥 상관이 모욕감을 느꼈다고 고발하면 처벌이 진행된다.

그 과정에서 수사도 이루어지기는 하지만, 대부분의 경우 철저하게 상관의 말에 따라 처벌이 진행된다.

"핑계 찾는 거야 어렵지 않고."

세상을 살다 보면 상급자에게 좋은 감정만 가지고 있을 수는 없다. 그러니 누군가에게 하소연할 수도 있고, 인터넷에 투덜거릴 수도 있고, 핸드폰에 상관의 이름을 '개새끼'라고 저장할 수도 있다.

"상관이 어떤 놈인지 중요하지는 않아. 그냥 상관이 모욕을 느꼈다고 입을 여는 그 순간부터는 벗어나지 못하는 거지."

실제로 부당한 명령을 거부한 사람들이 상관 모욕죄로 처벌받는 경우는 상당히 흔하다. 단순한 복수뿐만이 아니라, 상관이 불법적 명령을 내렸다는 것을 은폐하기도 좋기 때문이다.

고발당한 사람이 부당한 명령에 저항한 것에 대한 보복이라고 주장하고 고발해도, 국방부는 그냥 변명으로 생각할 뿐이니까.

"우우우……."

"존재는 해야 하지만 잘못 만들어진 법이 바로 상관 모욕죄야. 봐 봐. 지금도 마찬가지잖아?"

명백하게 국가에서 인정한 방식으로 자신의 권익을 지키려고 했을 뿐인데 돌아온 것은 상관 모욕죄.

"하지만 명백하게 상관이 먼저 잘못한 거잖아? 증거도 있고 증언도 있고……."

"그건 상관없어. 잘못된 건 무조건 감춰야 한다, 그러니 입 다물고 있어라. 그게 국방부의 기조니까."

"그러면 어떻게 해? 우리가 변론해?"

노형진은 고개를 흔들었다.

"그것도 방법이기는 하지. 하지만 그런다고 해서 과연 판결이 달라질까?"

"응?"

"군사재판을 하는 사람들은 국방부지. 그리고 군 검찰도 국방부야. 그걸 판결하는 판사도 국방부 소속이지. 그리고 상관 모욕죄로 고소하라고 한 것도 국방부고."

손채림은 눈을 찌푸렸다.

그 말인즉슨 이미 결론은 나 있다는 뜻이기 때문이다.

"이미 답은 나와 있어. 국방부는 어떻게 해서든 일반 병사들의 입을 틀어막아야 해. 그러지 않으면 자신들이 누리던 편리한 환경이 사라지니까."

"으음……."

노형진의 말을 들을수록 답이 안 보이는 상황이었다.

이미 저쪽에서 판결을 내려 두고 소송하는데 이쪽에서 어찌해야 한단 말인가?

"그러면 어쩔 건데? 그냥 당해? 아니, 군사법원에서 처벌받게 할 수는 없잖아!"

"답은 간단해. 우리에게도 힘이 있다는 것을 보여 주는 거야."

"뭐?"

"군사 조직이라고 해도 별다를 건 없어. 결국 군에 속한 사람을 재판하는 거지."

"그리고?"

"그리고 군사재판을 하는 사람들 중에서, 털어서 먼지 안 나오는 사람이 있을까? 후후후."

이상위 대위는 공소장을 보면서 이를 박박 갈고 있었다.

재판이 시작되자 일단 그는 업무에서 배제된 상황.

그는 자신을 이렇게 만든 수찬혁과 그 외의 열다섯 명을 용서할 생각이 없었다.

"망할 개새끼들, 어디 끝까지 가 보자."

저들이 민법을 등 뒤에 두고 있지만, 자신은 군형법을 등 뒤에 두고 있다. 자신은 명백하게 그들의 상관이니 그걸 무시한 이상 그들을 가만둘 생각이 없었다.

딩동.

그때, 난데없이 울리는 벨 소리에 이상위는 고개를 갸웃했다.

"누구세요?"

인터폰을 확인해 보니 동기가 곤란한 표정으로 서 있었다.

"어? 저 녀석이 어쩐 일이야?"

일단 자신은 근신을 명령받았기 때문에 나갈 수 없다.

물론 동기들이 그와 만나는 것까지 금지된 건 아니지만 지금은 업무 시간이기 때문에 저 녀석이 여기에 올 이유가 없다.

"어쩐 일이야, 이 시간에?"

"씨발…… 너 좆 됐어, 이 새끼야."

들어오자마자 다짜고짜 무서운 소리부터 하는 동기.

하지만 이상위는 코웃음을 쳤다.

"무슨 개소리야? 어차피 막장 아냐? 군 형무소 가기 싫으면 그 새끼도 알아서 취하하겠지."

"무슨 개소리야?"

"민사 따위, 개무시한다는 거다. 미친 새끼, 어디 버러지 같은 병 새끼가 감히 장교한테 기어올라?"

동기는 어이가 없다는 듯 입을 쩍 벌리고 있다가 고개를 절레절레 흔들었다.

"너 지금 상황을 이해하지 못했구나."

"무슨 상황? 내 군 생활 끝장난 거? 알아, 씨발. 내가 혼자서 죽을 것 같아? 그렇게는 못 해. 수찬혁 그 개새끼 죽여 버리고 죽을 거야."

"병신 같은 새끼. 수찬혁 그 새끼도 너랑 마찬가지더라."

"뭐?"

"그 새끼랑 다른 열다섯 명도 너랑 같은 생각 하고 있다고, 아니, 너보다 더해, 이 미친 새끼야."

"무슨 소리야?"

"그 새끼들이 너 고발했어."

"고발? 뭘로? 돈이라도 더 달래?"

"아오, 이 미친 새끼가 정말 정신을 못 차렸구나. 얀마! 너 군형법으로 고발당했다고! 너도 조사 들어갔단 말이야!"

이상위 대위의 얼굴이 딱딱하게 굳어 가기 시작했다.

이상위 대위는 얼굴이 핼쑥했다.

재판이 시작되고 자신에게 씌워진 죄가 뭔지 알아차리자, 당장이라도 죽고 싶은 기분이었다.

"피고인은 ○○년 ○○월 ○○일, 수소守所를 이탈한 것을 인정합니까?"

"아닙니다. 저는 이탈한 적이 없습니다."

"하지만 피고인의 카드가 동년 동월 동일에 그곳에서 40 킬로미터 떨어진 룸살롱에서 사용된 흔적이 발견되었습니다. 그뿐만 아니라, 그 당시 근무했던 병사들 역시 피고인이 수소를 벗어났다는 사실을 인정했고요."

"그건…… 퇴근 후에 잠깐……."

"퇴근 후에 잠깐이라고 하더라도 명백한 수소 이탈입니다. 아닌가요?"

"……."

수소란 어떤 지역을 지키기 위해 지정된 장소를 뜻하는데, 이런 경우 부대를 지키는 것은 장교의 임무가 된다.

더군다나 그 당시는 모종의 사건으로 모든 장병과 장교가 숙소에서 벗어나지 못하도록 명령이 내려온 상황.

그런데 그가 벗어나서 수십 킬로미터 떨어진 룸살롱에서 카드를 썼다. 아무리 퇴근 후라고 하지만 명령을 어기고 수소를 벗어난 것은 부정할 수 없는 사실이었다.

'멍청하긴.'

노형진은 방청석에 앉아서 피식 웃었다.

그가 부하를 고발할 수는 있다. 그러나 반대로 부하들 역시 그를 고발할 수 있다는 것을, 그는 잊고 있었던 것이다.

'병사들을 노예 취급하니 그런 기본적인 것도 망각하지.'

군 검사는 눈에 불을 켠 채 이상위를 때려잡으려고 달려들고 있었다.

그럴 수밖에 없다. 그에게는 적당한 대가를 약속했으니까.

'새론에서 3년.'

새론에서 3년이나 일했다는 건 상당히 군침이 도는 타이틀이다.

'멍청하긴.'

군대는 인생에서 보면 거쳐 가는 곳이다.

물론 이상위 대위처럼 아예 군대에 말뚝 박고 직업군인의 길을 가려는 사람에게는 해당되지 않는 이야기지만, 대부분의 경우 그저 한순간 거쳐 가는 곳일 뿐이다.

'그리고 그건 군 검사도 마찬가지.'

어차피 군법무관 복무가 끝나면 그는 바깥으로 나가서 취업해야 한다.

그런데 이제 로스쿨 출신 변호사들이 본격적으로 활동하기 시작하면서부터, 안 그래도 포화 상태인 법조계는 말 그대로 바글거리는 상황이다.

그런 상황에서 새론이라는 안정된 직장에서 최소 3년은 무조건 일할 수 있다는 조건과 추후 퇴사한다고 해도 새론의 경력을 이용할 수 있다는 것은, 군 검사에게는 아주 군침 당기는 조건이었다.

"더군다나 그 당시는 군 비상사태로 인해 분명히 수소 대기명령이 떨어진 걸로 알고 있는데요?"

"그건……."

"다른 사람도 아니고 대통령 명령으로 떨어진 건데 정면으로 불복종하다니, 대단하시네요."

"……."

이상위는 얼굴이 사색이 되었다.

그가 모르고 있었던 것.

아니, 별거 아니라고 무시하고 있었던 것.

그건, 부하들은 그의 일거수일투족을 알고 있다는 것이었다.

"으음……."

군판사도 상당히 곤혹스러운 얼굴이 되었다.

'방법이 없겠지.'

사실 상부에서 비상 대기명령이 떨어져도 장교들이 거리낌 없이 외출하는 것은 공공연한 비밀 중 하나다.

대부분의 경우 북한의 도발로 인해 흔히 벌어지는 일이기 때문이다.

그때마다 외출을 포기하면 나가는 게 거의 불가능할 지경인 데다, 설사 포를 쏜다고 해도 북한이 정말로 전면적인 도발을 감행한 가능성은 낮다는 것을 다들 알고 있어서 쉬쉬하면서 나가는 것이 보통이었다.

그러나……

"재판장님, 피고인 이상위는 대통령에 대한 명령 불복종을 한 것이 명확합니다."

"아닙니다!"

"그러면 그때 왜 30킬로미터 떨어진 룸살롱에서 피고인의 카드가 사용되었는지 말해 보시죠. 그리고 왜 그곳 CCTV에 피고인의 모습이 찍혔는지에 대해서도 말이죠."

"……"

카메라에까지 찍혔는데 무슨 말을 하겠는가?

더군다나 다른 사람도 아니고, 군 최고 통수권자인 대통령의 명령을 무시했으니.

'젠장.'

이상위는 죽을 것 같았다.

민사가 들어왔으니 자신의 돈이 털리는 것이 아까워서 고발한 것은 사실이다. 하지만 이제는 돈이 문제가 아니라 최소한 불명예제대, 어쩌면 군 형무소에 가게 될 판국이 아닌가?

"그리고 피고인은 수년간 상당한 금액을 착복한 것으로 알고 있습니다."

이 말에 판사의 얼굴이 딱딱하게 굳어졌다.

착복. 이건 그냥 넘어갈 수 없는 말이다.

물론 일상적으로 일어나는 일이기는 하다.

하지만 일상적인 것과 걸리는 것은 전혀 경우가 다르다.

착복이 벌어져도 대부분 무마되지만, 법적으로는 상당한 문제가 된다.

물론 힘이 있다면 수백억을 해 먹어도 국방부에서 생계형 비리라고 실드를 쳐 주겠지만, 이상위에게 그 정도 힘이 있을 리 없다.

"착복이라니요! 전 그런 적 없습니다! 진짜입니다! 재판장님! 저는 억울합니다!"

이상위는 억울하다는 듯 크게 소리를 질렀다.

"그래요?"

군 검사는 피식 웃으면서 고개를 돌려 방청석에 앉아 있는 노형진을 바라보았다.

'역시 내 선택은 옳았어.'

작은 부분부터 파고들어 상대방을 꺾는 이 기술.

이건 새론이 최고가 될 수 있게 만들어 준 기술이다.

정작 자신은 잊고 있었던 부분인데 말이다.

정확하게는, 신경 쓰지 못했다고 해야 할까?

"증언에 따르면 피고인은 수년간 훈련 지원비를 지급하지 않았다고 하던데요?"

"그……."

이상위는 숨이 턱 막혔다.

착복이라고 해서 뭔가 했더니 훈련 지원비라니. 그건 전혀 생각지도 못했던 돈이다.

아니, 자신이 먹는 게 너무나도 일상화되어서 나랏돈이라고는 전혀 생각지도 않았다.

'그래, 너도 그렇겠지. 대부분의 장교들도 그렇고.'

훈련 지원비.

이건 부대가 훈련에 들어갈 때 필요한 용품 같은 걸 구비하도록 정부에서 지원해 주는 돈이다. 군대에서 대부분의 훈련용품이 지급되기는 하지만, 보급되지는 않으나 훈련에 필요한 물품들은 따로 구입해야 하기 때문이다.

가령 참호에 들어가서 각 참호를 연결하는 신호 줄, 적의 침투를 방어하기 위해 설치하는 방울 등은 분명히 훈련에서 쓰지만 정부에서 보급하지 않는 물품이다.

그리고 이런 것을 구입하는 용도로 주어지는 것이 바로 훈련 지원비다.

'하지만 그 돈은 이미 장교들의 쌈짓돈이 된 지 오래지.'

그래서 대부분의 부대에서는 병사들이 자신들의 돈을 모아서 그러한 필요 물품을 산다.

사실 대부분의 병사들은 그 훈련 지원비라는 것이 있다는 것도 모른다. 하지만 각 소대별로 소소하게 지급되는 돈을 합하면 적지 않은 금액이 되는 데다, 훈련이 많은 부대를 기준으로 생각하면 그 금액이 적다는 생각은 결코 들지 않는다.

"아니…… 훈련 지원비는 분명히 소대장들에게 지급했습니다."

이상위는 떠듬거리면서 애써 변명했다. 지금은 그것 말고는 상황을 벗어날 방법이 없어 보였기 때문이다.

"피고인, 위증까지 하는 겁니까?"

"위증이라니요! 아닙니다! 분명히 저는 훈련 지원비를 지급했습니다! 그걸 횡령한 건 소대장이겠지요!"

"그래요? 재판장님, 사전에 신청한 증인을 부르도록 하겠습니다."

"인정합니다."

재판장은 어쩔 수 없다는 듯 고개를 끄덕거렸다.

그리고 그 증인이 나왔을 때, 이상위의 얼굴이 창백해졌다.

"너…… 이 새끼……."

3소대의 소대장이 비릿한 웃음을 지으면서 나오고 있었다.

평소 자신과 같은 육사 출신이 아닌 ROTC 출신이라고 개무시하던 그가 정복을 입고 나오자, 이상위는 분노가 들끓는 한편 심장이 덜컥 내려앉는 느낌이었다.

"증인, 선서하세요."

증인이 선서하고 증언을 이어 갈수록 이상위는 점점 고개를 들 수가 없었다.

이것이 법이다

병사들이 자신의 정체를 어렴풋이만 알고 있는 것과 다르게 소대장은 장교, 그러니까 자신의 행동에 대해 소상하게 알 수밖에 없었다. 당연히 그의 입에서 나오는 증언은 하나같이 이상위에게 무척이나 불리한 것들이었다.

"젠장."

고개를 푹 숙이고 있는 이상위.

그런 이상위에게 군 검사는 날카로운 한마디를 던졌다.

"피고인이 고발한 사람들이 피고인과 소송 중이라고 하던데……. 그 사람들을 고발한 이유가 혹시 그들의 입을 막으려는 건 아니었습니까?"

이제 이상위에게는 그 말을 부정할 힘도 남아 있지 않았다.

그는 자신의 인생이 끝장났다는 것을 느끼고 있었다.

⚖️

"난리네, 난리야."

노형진은 피식 웃었다.

이번 소송으로 국방부는 난리가 났다.

지금까지 암묵적으로 착복을 인정하고 있던 훈련 지원금을 철저하게 관리하라고 명령을 내리는 한편, 재빨리 수찬혁에 대해 '혐의 없음'이라는 결론을 내리고 바로 풀어 줬다.

"어떻게 된 거야?"

"수찬혁 뒤에는 우리가 있다는 걸 알고 있으니까."

"그게 무슨 소리야?"

"이번 작전이 성공했다면 저들은 아마 장교들에게 손해배상을 청구하는 모든 병사들을 상관 모욕으로 처벌하려고 했을 테지."

"그런데?"

"그런데 도리어 우리한테 졌잖아. 반대로 말하면, 우리가 진행하는 모든 사건을 이런 식으로 끌고 갈 수 있다는 거지. 쉽게 말해서 법적인 개싸움에서 우리가 이긴 거야."

"아하!"

상관 모욕으로 처벌하는 것은 어렵지 않다.

하지만 그렇게 나올 경우, 이쪽에서 그보다 더 큰 피해를 줄 수 있다는 것을 명확하게 보여 준 것이다.

"이런 사건이 한두 명 정도면 무마하고 넘어가겠지. 하지만 장교들은 여러 가지 방식으로 군수물자를 횡령하거든. 작게는 부식을 빼 가기도 하고 크게는 돈을 대놓고 횡령하기도 하지. 이번 사건의 주요 안건 중 하나였던 훈련 지원비 같은 경우는 아예 대놓고 쌈짓돈 취급하고."

"그런데?"

"그런데 만일 병사들이 그걸 걸고넘어지면 어떻게 될까?"

"아아, 무슨 소리인지 알겠다."

그렇게 되면 아마도 대한민국 장교들 상당수가 처벌을 면하지 못할 것이다. 실질적으로 대한민국 군의 지휘 체계가 붕괴되는 사태가 올 수도 있다.

"이런 걸 합법적 프래깅이라고 할 수 있지, 후후후."

프래깅. 부하에 의한 상관 살해를 뜻한다.

그리고 이 경우 법적으로 상관을 살해한 것이나 다름없다.

사회적으로 매장되고 군 생활에 오점이 남아서 장기 지원도 떨어질 가능성이 높을 뿐만 아니라, 최악의 경우 죄다 불명예제대를 해야 하니까.

"이제 저들도 똥 군기를 잡지는 못할 거야."

그 기록을 가지고 있다가 이쪽에서 민사소송을 하면 자신이 손해라는 걸 알 테니까.

"그런데 의외인 게, 고소한 사람들을 왜 모아서 관리하는 거야?"

고소한 장병들을 모조리 한곳으로 전출시켜서 관리하려는 듯 후방 지역으로 모으고 있는 국방부의 행동이 손채림은 이해가 가지 않았다. 당연히 그냥 다른 부대로 보낼 줄 알았지, 이런 식으로 모조리 모을 줄은 몰랐기 때문이다.

"말 그대로 내부의 폭탄이니까."

"응?"

"그는 이미 한 번 고소한 경험이 있어. 그런데 다른 부대에 갔을 때 또다시 불이익이나 따돌림, 학대 등 불법적인 똥 군기를 당하면 어떻게 할까?"

"아, 다시 고소하겠네."

"그렇지. 그렇다고 그 사람을 이리저리 부대마다 돌려? 몇 개 부대가 작살날 줄 알고?"

"차라리 한데 모아 두고 모른 척하겠다 이건가?"

"정답이야."

후방에 적당하게 모아 두고 한 개 소대나 중대로 묶어서 관리하는 게 국방부의 입장에서는 관리도 편하고 폭탄을 처리하기도 쉽다. 그냥 규정대로 해 주기만 하면 되니까.

더군다나 모두가 똥 군기를 고발하고 온 사람들이니 그들끼리 똥 군기를 잡을 이유도 없고.

"뭐, 고소한 사람들은 남은 기간 동안 편하게 군 생활을 하는 거지."

물론 그곳에도 장교가 있겠지만, 똥 군기 잡고 개판 치는 장교는 배치하지 않을 것이다.

"그동안 그 고생 했으면 그 정도 이득은 볼 수 있잖아?"

노형진은 어깨를 으쓱하면서 말했다.

"그리고 그걸 보고 똥 군기를 고발하는 사람들이 더 많아질 테고 말이지."

손채림은 키득거렸다.

"그래. 과연 똥 군기가 이길지 아니면 법원이 이길지 그건 알 수 없지만, 후후후……. 말로만 선진화 병영, 선진화 병영 했지만 아마 이번에는 강제적으로 선진화될걸."

죽음을 부르는 사람

자살. 스스로에 대한 살인.

그러한 자살은 사람들에게 너무나 큰 상처를 남긴다.

"아이고! 아이고!"

울음으로 가득한 장례식장.

노형진은 헌화를 한 뒤 상주와 절을 하고는 마주 앉았다.

"힘들지?"

"죽을 맛이다."

상주, 그러니까 노형진의 친구인 연우는 한숨을 푹 쉬었다.

"이런 일이 벌어질 줄은 몰랐다."

"내가 뭐라고 말을 할 수가 없구나."

"누군들 이런 상황에서 뭐라고 할 수 있겠냐? 여기까지 와

줘서 고맙다."

"별말을."

"들어가 봐. 다른 친구들도 와 있으니까."

"그래."

노형진은 친구인 서연우를 안타까운 눈빛으로 바라보고는 몸을 돌려서 식당으로 향했다. 그는 상주로서 많은 사람들을 만나야 하기 때문이다.

"여, 왔냐?"

이미 와서 앉아 있던 몇몇 친구들이 그를 보고 손을 들었다.

노형진도 그들을 알아보고는 그 옆으로 가서 자리를 잡았다.

간단한 떡과 마른안주, 육개장 한 그릇.

고인이 사람들에게 남기는 마지막 대접.

"넌 못 올 줄 알았는데."

"다른 것도 아니고 이런 걸 어떻게 안 오냐?"

"그건 그렇지."

친구의 어머니가 자살한 것은 충격적인 일이었다.

전혀 예상하지 못했던 일.

"그렇게 힘드셨나?"

"그러면 이야기라도 해 보지."

"그러게 말이야."

다들 친한 친구 사이라서 사정은 알고 있다.

서연우는 이른 나이에 결혼했다.

정확하게 말하면 고등학교 때 여자 친구를 임신시키면서, 졸업하자마자 결혼했다. 그리고 그 일로 인해 어머니와의 관계가 틀어지고 말았다.

"아무리 그래도 그렇지, 자살은 좀 아니지 않냐."

잘사는 서연우의 집과 다르게 여자 친구였던 제수씨의 집은 가난한 서민 가정이었고, 그로 인해 반대하는 어머니와 서연우 사이에서는 싸움이 끊이지 않았다.

그러다가 결국 화가 난 서연우가 어머니와 연을 끊다시피하고 살고 있었다고 알고 있었다.

아버지는 오래전에 돌아가셨으니 어머니가 집착하는 것도 이상한 것은 아니지만 그 정도가 너무 심했기 때문이다.

결혼을 한 후에도 어떻게 해서든 이혼시키려고 했었으니까.

"그런데 연을 끊었으니 외로움에 자살하신 건가?"

"쩝, 제수씨도 알고 보면 좋은 분인데."

"그건 그렇지."

그렇게 말하면서도 친구 한 명이 목소리를 낮춰서 조심스럽게 말했다.

"하지만 연우 어머니도 보통은 넘었잖아?"

노형진은 씁쓸하게 웃었다.

'보통만 넘게?'

사실 장례식장이라서 말을 아끼고 있을 뿐, 연우 어머니는 보통을 넘는 정도가 아니라 비정상이었다.

아들에 대한 심각한 집착, 며느리에 대한 끝없는 분노와 질투, 그리고 애까지 있는 부부를 이혼시키려고 하던 괴상한 행동들과, 사돈댁에 대한 비하와 무시까지.

연우의 아내가 잘 참고 살아서 망정이지, 어쩌면 자살한 사람은 어머니가 아니라 연우의 아내였을 수도 있을 지경이었다.

"무척이나 독한 분인 줄 알았는데 자살하실 줄이야."

"참 안타깝네."

고개를 흔드는 사람들.

물론 이들이 무슨 말을 하고 싶어 하는지 안다. 하지만 장례식장에서는 할 말이 아니다.

'섭섭할 테니까.'

어떤 식으로 보면 연우와 제수씨의 삶이 더 나아질 수도 있는 그런 상황.

'삶의 아이러니군.'

노형진은 씁쓸하게 웃으면서 고개를 흔들었다. 그리고 소주를 입에 털어 넣었다.

"으웩!"

"넌 아직도 술 못 마시냐?"

"몸이 안 받잖아."

"근데 왜 마셔?"

"장례식장에 왔으니 한 잔은 마셔 줘야지."

"이 달달한 걸 못 마시다니, 넌 참 전생에 무슨 죄를 지었는지."

"글쎄다."

노형진은 씁쓸한 미소를 지었다.

전생이나 현생이나 마찬가지이기는 하다.

그러나 자신이 무슨 큰 잘못을 저질러서 그런 것 같지는
같다.

"그나저나 운전은?"

"내일 가야지."

"하긴."

이미 밤 11시가 넘은 시간.

얼굴만 비치고 가기도 그렇다.

첫날인 만큼 하룻밤은 자리를 지키고 있다가 갈 생각이었
다. 어차피 내일은 쉬는 날이니까.

"다음번에는 제발 좀 좋은 분위기에서 보자, 이것들아."

"노형진 결혼식 날, 콜?"

"연 끊자는 소리네?"

친구들은 서로 소소한 이야기를 하면서 그렇게 소주잔을
기울이며 깊은 밤을 지새우기 시작했다.

⚖️

"형진아."

"으응?"

장례식장 구석에서 몸을 구기고 있던 노형진은 누군가 자신을 깨우는 소리에 움찔했다.

"아…… 연우구나."

화들짝 놀라서 일어나던 노형진은 머리를 흔들었다.

머릿속에서는 누가 북이라도 치는 것처럼 둥둥, 소리가 울리고 있었다.

"무슨 술을 그렇게 마셔?"

"아오…… 머리야."

"쯧쯧."

연우는 혀를 끌끌 차더니 냉장고에서 숙취 해소제를 꺼내 뚜껑을 따서 건넸다.

"꿀꺽꿀꺽…… 크으……."

차가운 숙취 해소제가 몸으로 들어가니 정신이 번쩍 든 노형진.

그는 주변을 둘러봤다. 친구들도 죄다 술에 떡이 되어서 바닥을 나뒹굴고 있었다.

"이런, 쉬어야 하는 거 아니냐?"

"아니야."

노형진을 깨운 서연우는 고개를 흔들었다.

퀭한 그의 얼굴에는 피곤이 가득했다.

"잠깐 이야기 좀 하려고."

"이야기?"

"그래."

"그러자."

노형진은 주변을 둘러보다가 고개를 끄덕거렸다.

굳이 남들의 귀를 피해 대화를 나누려 한다는 것은 그만큼 중요한 이야기라는 뜻이기 때문이다.

"나가자."

서연우는 노형진을 데리고 바깥으로 나갔다.

그리고 서늘한 밤공기를 느끼면서 품에서 담배를 꺼내 물었다.

"피울래?"

"난 안 피운다."

"그랬지. 후우……."

그는 담배를 물고 한숨만 쉬었다.

"힘들지?"

"힘들지. 멀쩡하지는 않지. 그동안 연을 끊은 것도 사실이기는 하지만……."

한참을 그렇게 침묵을 지키던 서연우는 조심스럽게 입을 열었다.

"어머니가 자살한 게 이해가 안 가."

"네 잘못 아니야. 사람은 언제 어떻게 갈지 모르잖아."

"그건 알지."

"그리고 너한테 말하긴 좀 그렇지만, 알잖아, 너희 어머니."

쓸쓸하게 웃는 서연우.

친구들도 다 알고 있을 정도인데 그가 무슨 말을 더 하겠는가? 아니, 그 누구보다 잘 알기에 결국 연까지 끊었던 것 아닌가.

하지만 그게 문제였다.

"사실은 우리, 어머니를 다시 만나고 있었거든."

"응? 그게 무슨 소리야?"

"둘째 가졌다."

"아…… 축하……한다고 해야 하나?"

둘째.

사실 생각해 보면 사고를 일찍 쳤을 뿐, 다들 이제 슬슬 애가 둘이어도 이상할 것 없는 나이다.

"그래서 우리가 생각을 좀 바꿨어."

자식이 부모가 되면 부모님 생각이 나기 마련이다.

처음에는 어긋난 인연이라고 해도, 부모와 자식의 인연은 천륜이다. 쉽게 끊을 수 있는 게 아니다.

"어머니도 몇 년 사이 많이 유해지셨고."

"그래?"

사실 아들인 서연우가 연을 끊었는데 친구들이 그 어머니에게 연락할 이유는 없다.

당연히 그들 사이에 무슨 일이 있는지는 이들만 알 수밖에 없다.

"어머니, 정신과 상담도 받고 있었다. 약도 드시고 있었고."

"정신과 상담?"

"우리 조건이었거든. 그래서 애들도 예뻐하고."

남편이 죽고 나서 아들에게 매달리던 그녀의 성향을 상담 치료와 약물치료로 통제하려고 했는데, 상당히 성공적이었다.

"심지어 장인어른이랑 장모님한테 정식으로 사과도 하셨어."

"너희 어머님이?"

"놀랍지?"

"어…… 그건 좀 놀랍네."

노형진이 아는 서연우의 어머니는 절대 그럴 사람이 아니 었으니까.

사돈들 앞에서 아들을 빼앗아 갔다고 악다구니를 쓰던 사 람이 아니던가?

그런데 사과라니.

꿈에서도 생각하지 못할 일이었다.

"그런데 왜 자살을?"

"그러니까. 내가 이해가 안 가."

서연우는 고개를 흔들었다.

"얼마 후면 설이잖아. 그래서 애들한테 준다고 선물을 얼 마나 많이 사 두셨는데."

"흠……."

지난 수년간 만나지도 못했던 손자에게 정을 쏟으면서 그
녀는 많이 나아진 상태였고, 돈이 있는 집안이었기 때문에
선물 정도는 어렵지 않게 해 줄 수 있었다.

　그리고 지난 몇 년간의 보상처럼 어머니는 이런저런 선물
을 주기 위해 부담스러울 정도로 많은 돈을 쓰고는 했다.

　"그런데 자살하셨다고?"

　"그래. 자살하실 이유가 없어."

　"하지만……."

　노형진은 눈을 찌푸렸다.

　"넌 타살이라고 생각하는 거냐?"

　"모르겠어. 상황만 봐서는 누가 봐도 자살이니까."

　차량을 몰고 그대로 다리 아래로 돌진했다.

　혼자 타고 있었고, 원래 지나다니던 곳도 아니었다.

　심지어 유서까지 쓰여 있었다.

　누가 봐도 '완벽한 자살'이었다.

　"하지만 아무리 생각해 봐도 우리 어머니가 자살할 사람은
아니야. 너도 잘 알잖아, 우리 엄마가 얼마나 독한 사람인지."

　"그건 그렇지."

　노형진은 씁쓸하게 미소 지었다.

　다른 건 몰라도, 노형진 또한 그건 확실하게 아니까.

　"그런데 자살? 그것도 얼마 후면 설인데?"

　"경찰에 이야기해 봤어?"

"해 봤지. 그런데 경찰은 원래 자살한 사람의 가족은 그 사실을 안 받아들이려고 한다고, 그냥 받아들이래."

"그게 사실이기는 한데……."

노형진은 말문이 막혔다.

그 말은 사실이다.

하지만 문제는, 경찰이 그 말을 무슨 금과옥조처럼 여긴다는 거다.

자살 사건 같아 보이면 그저 대충 넘겨 버리는 용도로 말이다.

'객관적인 상황을 보면 자살해도 이상하지 않기는 해.'

자식과 연이 끊어졌고, 그 외에는 달리 가족도 없으며, 정신적으로 불안하다. 그러니 자살해도 이상할 것은 없다.

하지만 서연우의 말대로라면, 치료되고 있는 중이니 이제 와 자살할 이유가 없다.

'물론 그 과정에서 마음이 약해질 수도 있지만.'

노형진은 고개를 흔들었다.

치료라는 것이 그냥 '짠' 하고 나아지는 게 아니다.

아마도 서연우의 어머니의 아들에 대한 집착은 서서히 완화되면서 자연스럽게 손자와 배 속에 있는 둘째 손주에게로 향했을 것이다.

그런 상황이라면 자살을 할 이유가 없다.

자신의 새로운 애정 대상을 어떻게 해서든 지키려고 할 테니까.

치료가 된다고 해서 그 기본 성격이 근본적으로 어딜 가는 것도 아닐 테고.

"넌 어머니가 자살할 사람이 아니라는 거지?"

"그래."

"혹시 유서에 무슨 말이라도 남겼어?"

"그래서 더 이상하다는 거야."

"응?"

"유서를 봤어. 분명히 자필이기는 한데……."

"그런데?"

"내용도 이상해."

"이상하다고?"

"그래."

서연우는 품에서 유서를 꺼내 노형진에게 건넸다.

그걸 본 노형진은 고개를 갸웃했다.

"이상하기는 하네."

"그렇지?"

유서에는 그동안 괴롭혀서 미안했고, 자신을 잊고 잘 살기 바란다는 내용이 적혀 있었다.

지극히 자연스러운 문장이었다.

"그런데 재산 문제에 대해서는 전혀 언급이 없네."

"그렇지?"

서연우의 집은 부자다. 거기에다 그의 어머니는 그걸 자랑으로 여겼던 사람이다.

그런 사람이, 유서에 재산에 대한 언급을 전혀 하지 않는다?

"전형적인 자살자의 유서이긴 한데……."

"그런데 우리 어머니는 이미 유서를 써 놨어."

"써 놓으셨다고?"

"그래. 심지어 변호사에게 공증까지 받으셨다고."

변호사 입회하에 쓰인 유서.

이미 그게 있는데 급하게 유언장을 쓰셨다고?

"설마 재산을 다른 사람에게 넘긴 거야?"

"아니야. 나랑 우리 아이들에게 남기셨어."

"그 말은?"

"유언장을 고친 지 얼마 안 되셨다는 소리야."

더 말이 안 된다.

유언장을 고친 지 얼마 안 된 사람이 자필 유언장을 쓰고 자살을 한다?

"아무래도 이상한데……."

"그래, 하지만 경찰이 수사를 안 해서……."

"음……."

노형진은 신음을 내면서 유언장을 바라보았다.

당연히 경찰이라면 수사를 하지 않을 것이다. 누가 봐도 자살 사건이니까.

그녀의 차에서 발견된 것은 그녀 자신뿐이었고, CCTV에는 그녀가 혼자 타고 있는 것이 찍혀 있었다.

"물론 자살일 수도 있어. 그런데 진짜 미안한데, 나도 자식이잖아. 어머니가 그렇게 가셨다는 게 도무지 이해가 안 된다. 뭐라도 좀 찾아 주라."

"뭐라도?"

"그래. 정말로 자살하신 거라는 증거라도 더 나오면 그거라도 붙잡고 포기해야 하지 않겠냐."

노형진은 고개를 끄덕거렸다.

"자살 사건?"

손채림은 노형진이 받아 온 사건을 보면서 고개를 갸웃했다.

누가 봐도 자살 사건인데 그걸 받아 오다니?

"딱히 이상한 건 없는데?"

유언장을 쓰고 자살했다. 그리고 경찰에게서 받아 온 동영상도 이상 없다.

"일반적으로는 그렇지."

노형진은 영상을 보면서 고개를 흔들었다.

"하지만 자살치고는 이상해."

"어째서?"

"유언장도 그렇고."

노형진은 유언장에서 보이는 이상한 부분을 설명했다.

"하지만 급하게 쓴 거라면 그럴 수도 있잖아? 재산 관계는 이미 다른 유언장에서 정리했다면 따로 언급하지 않을 수도 있고."

"그건 그렇지. 하지만 더 이상한 건 이 영상이야."

"뭐가 어때서?"

"봐 봐."

새벽에 달리던 차가 갑자기 다리 한복판에서 멈췄다.

그리고 한참을 가만히 있다가 방향을 돌려 급가속하더니, 난간으로 돌진해 난간을 부수고 그대로 바다로 뛰어들었다.

"그게 왜?"

"너, 자살할 때 이런 식으로 자살하는 사람 봤어?"

"응?"

"일반적으로 자살하는 사람은 이런 식으로 자살 안 해."

자살을 하는 사람은 직접적인 방식으로 죽는 게 보통이다.

가령 지금같이 다리에서 자살을 시도하는 경우, 직접 다리에서 뛰어내린다.

"그런데?"

"그런데 서연우의 어머니는 자살할 때 차를 그대로 몰고 뛰어내렸어. 상당히 특이하지."

"특이한 방식일 수도 있잖아."

"그건 그렇지."

그건 맞는 말이다. 하지만 여전히 꺼림칙한 느낌은 계속되고 있었다.

"뭐, 일단은 자살인지 아닌지 검사 결과가 나오면 알게 될 거야."

"검사 결과?"

노형진의 말에 손채림은 고개를 갸웃했다.

그리고 며칠 뒤 날아온 검사 결과지를 보면서 노형진의 얼굴은 딱딱하게 굳었다.

"전에 말한 검사 결과야?"

"그래."

"그런데 표정이 왜 그래?"

"자살이 아닌 것 같아서."

"뭐? 그게 무슨 소리야?"

"이걸 봐."

노형진이 검사지를 건네자 손채림은 그걸 보면서 고개를 갸웃했다.

"이게 뭔데?"

"눈물에 대한 검사."

"눈물?"

"그래, 그 유언장에서 나온 눈물에 대한 검사 결과."

노형진이 살펴봤을 때 서연우의 어머니가 남긴 유언장에는 여기저기 눈물을 흘린 자국이 있었다.

그래서 혹시나 하는 마음에 그에 대해 조사한 것이다.

"자살을 생각하면 다 눈물 흘리잖아?"

"그러기는 하지만……."

노형진은 검사지를 다시 받아 보면서 눈을 찌푸렸다.

이 검사지의 결과대로라면 이야기가 달라지기 때문이다.

"눈물이 다 같지는 않아."

"다 같은 눈물이 아니라고?"

"그래. 사실 눈물은 감정에 따라서 성분이 달라져."

"뭐?"

"대부분 잘 모르는 사실이지. 경찰도 그런 걸 알 리 없고."

사람 몸의 한 부위에서 나오는 것이 눈물이니 그 '성분'이 다를 거라고는 보통 생각하지 않는다.

물론 비슷하기는 하다. 하지만 미묘하게 다른 것도 사실이다.

"슬플 때와 아플 때 나오는 눈물은 성분이 약간 달라."

"다르다고?"

"그래."

"흠……."

손채림은 성분표를 보면서 눈을 찌푸렸다.

사실 앞쪽에 있는 성분표는 의미가 없다.

"공포?"

뒤에 적힌 설명. 그게 중요했다.

"공포를 느낄 때 나오는 성분이라고?"

"그래."

"이해가 안 되는데."

자살하기로 마음먹은 사람이 공포에 질려 눈물을 흘린다?

"물론 목숨을 포기하는 일인 만큼 죽음에 대한 공포가 없지는 않겠지. 하지만 오직 공포의 감정만 가지고 자살한다?"

물론 그런 경우도 전혀 없다고는 할 수 없다.

예를 들어 전쟁터 같은 곳에서 살아남을 가망이 없어서 더이상의 고통을 피하기 위해 자살하는 것이 공포로 인한 자살이라 할 수 있다.

"하지만 지금은 아니잖아?"

멀쩡한 사람이 평화로운 상태에서 공포로 자살을 한다? 그것도 자동차를 몰고 가서?

"이상하기는 한데, 그걸 가지고 수사를 진행할 수는 없잖아."

"그건 그렇지."

눈물의 성분이 다르다는 이유로 수사를 진행하는 경찰은 없다. 그러니 이건 의미가 없다.

"그런데 왜 이 사건에 매달리는 거야?"

"너 죄목 중에 자살교사죄라는 거 알아?"

"자살교사?"

"그래."

"알지. 그런데 그게 이런 데에 해당되나?"

자살교사는 자살방조와는 다르다.

자살방조는 어떤 사람이 자살하려고 하는 것을 알면서도 방치해서 죽도록 놔두는 것이라면, 자살교사는 자살할 생각이 없는 사람을 자살하도록 부추기는 것을 뜻한다.

하지만 자살교사는 상당히 드물다.

그럴 수밖에 없는 게, 자살할 생각이 없는 사람을 죽도록 만드는 것은 쉬운 일이 아니기 때문이다.

"그리고 위계에 의한 자살교사는 살인이지."

"뭐? 그게 무슨 소리야?"

손채림은 순간 소름이 쫘악 돋았다.

위계에 의한 살인.

그 말을 들은 순간 노형진이 뭘 걱정하는지 알아차린 탓이다.

"설마 누군가 강제로 자살을 시켰다는 거야?"

"그럴 가능성도 충분해."

"하지만 그런 사건은 한 번도 없었잖아?"

"그랬지. 하지만 그렇다고 전혀 없는 건 아니야. 그런 사건이 아예 그만큼 희귀할 뿐이지."

노형진은 씁쓸한 표정으로 말했다.

터무니없지만, 그런 사건은 아주 드물지만 분명히 존재한다.

타인의 협박에 의해 죽을 수밖에 없는 경우 말이다.

"그건 무슨 약점을 잡히거나 하는 경우에 그러는 거 아냐?"

"그런 경우가 대부분이지. 하지만 약점이라는 것은 상대적인 거니까. 거기에다가 너도 한국 경찰이 어떤 사람들인지 잘 알잖아."

"으음……."

손채림은 우려 섞인 신음을 냈다.

그럴 수밖에 없는 게, 한국 경찰은 자살 사건에 대해 추가 수사를 하지 않기 때문이다.

딱 봐도 자살이다 싶으면 자살로 종결 처리하고, 자살한 이유에 대해서까지는 파고들지 않는다.

"더군다나 서연우의 어머니는 외부적으로는 당장 자살해도 이상하지 않은 사람이야."

"하지만 내부적으로는 그렇지 않다며?"

"그러니까 내가 의심하는 거야. 외부적으로 보았을 때 충분히 자살할 가능성이 있는 사람. 그런 사람을 자살로 몰아붙이는 녀석이 있다면 어떡하겠어?"

손채림은 소름이 쫘악 돋았다.

노형진이 말하는 건 오직 한 가지 가능성만을 내포하고 있었기 때문이다.

"연쇄살인? 설마? 아니…… 그럴 수도 있겠지."

손채림은 입술을 깨물었다.

경험이 많은 건 아니지만, 그녀도 유명한 판례는 몇 개 알고 있다. 그리고 그중에는 연쇄살인 건도 있다.

　"뭔가 약점을 삼아서 상대방에게 자살을 강요하는 통제형 범죄자들. 그런 자들은 충분히 존재해. 미국에도 존재하고. 아직 한국에는 존재하지 않지만. 아니, 정확하게는 아직 잡힌 적이 없다고 봐야겠지. 미국에 있는 타입의 인간이 한국에는 전혀 없을 리가 없으니까. 사람이 사는 세상이 그게 그거라는 말은 폼으로 생긴 게 아니야."

　한국에서 벌어지는 자살교사는 범죄를 덮기 위해 네가 모든 죄를 뒤집어쓰고 혼자 죽으라고 하는 경우가 대부분이다.

　하지만 미국에서는 이미 상대방의 약점을 이용해서 자살로 몰아가는 연쇄살인범이 잡힌 적이 있다.

　"하지만 한국에는 그런 살인범이 존재한 적이 없지. 내가 보기에는 존재하지 않는 것이 아니라 그 존재가 드러나지 않았을 가능성이 높아."

　"너무 무서운 말이다. 하지만…… 충분히 가능해."

　자살로 확정되면 추가적인 조사를 완전히 멈추는 경찰의 특성상, 누가 봐도 자살이라면 그 범죄는 드러나지 않을 가능성이 높다.

　"서연우의 어머니도 마찬가지야. 외부적으로는 당장이라도 자살할 것처럼 보이지만 사실 자살할 이유는 없었지. 그리고 이 동영상도 마찬가지이고."

누가 봐도 자살하기 위해 차를 몰고 바다로 뛰어드는 모습이다.

"하지만 진짜로 차를 몰고 뛰어들려면 안 멈추지."

달려가면서 붙은 가속을 이용해서 핸들만 꺾으면 확실하게 난간을 부수면서 바다로 떨어진다.

"그렇지만 어머님은 그러지 않았어. 멈춰서 한참을 움직이지 않았지. 생각이 많았다는 뜻이야."

"하지만 자살 자체는 맞잖아?"

"그러니까 이상한 거야. 차량을 탄 채 발생한 추락사는 사고가 많아. 자살하는 사람은 떠오르는 걸 막으려고 주머니 속에 돌을 잔뜩 넣기도 하고, 아령이 들어 있는 가방을 메고 물에 뛰어들기도 하지. 그런데 왜 차량을 이용한 자살은 상대적으로 적을까? 사실 차를 탄 채 물속으로 뛰어드는 건 조금도 어렵지 않은 일인데도."

"글쎄, 그건 잘 모르겠는데?"

손채림이 고개를 갸웃하는데 그 대답은 등 뒤에서 들려왔다.

"차량을 몰고 뛰어든다는 것은 자살의 행위라기보다는 일반적인 행위에 가깝거든요."

"김소라 팀장님?"

고개를 돌려 보니 김소라 팀장이 문틀에 기대서 있었다.

그녀는 손을 흔들면서 노형진을 바라보았다.

"오랜만이네요."

"여전히 바쁘신가 보네요."

"바쁘죠. 그런데 의외네요. 가장 먼저 프로파일러 팀을 만들자고 한 분이 정작 우리 팀은 안 부르시네?"

그녀는 노형진이 상부를 설득해서 만든 프로파일러 팀의 팀장으로, 새론뿐만 아니라 다른 로펌의 사건도 자문하면서 어마어마한 돈을 새론에 벌어 주고 있었다.

그런데 정작 그 팀을 만든 사람인 노형진은 그녀를 거의 부르지 않았다.

"그건……."

"알아요. 어찌 되었건 노 변호사님도 대충 알아보실 수 있으니까요."

김소라가 보기에는 노형진도 프로파일링을 능숙하게 하고 있는 사람 중 한 명이었다.

물론 그녀 자신처럼 체계적이지는 않지만, 경험적으로 아는 사람이랄까?

그러니 실제로 그녀를 부를 만한 일이 별로 없을 것이라고 이해는 하고 있었다.

"손채림 씨도 요즘은 잘 안 보이던데."

"아무래도 전문 과정을 배워야 할 것 같아서요, 헤헤헤."

손채림은 혀를 쏙 내밀었다.

사실 그녀도 프로파일링을 배우고 싶었지만 실무에서 배우는 것에는 한계가 있었다.

그렇다고 아예 전공하기에는 시간이 부족했고 말이다.

"그것도 좋은 생각이죠. 손채림 씨라면 잘하실 거예요."

"그런데 아까 그게 무슨 말씀이세요? 일반적 행위라니?"

"말 그대로 자살과 연관되는 행동이 아니라는 거예요."

"그런 것도 따지나요?"

"따지죠. 의외로 사람이 자살할 방법은 많아요. '접시 물에 코 박고 죽어라.'라는 말처럼 죽음이라는 것은 때때로 상당히 창의적이기도 하지요. 하지만 대부분은 정해진 몇 가지의 자살 방식만 선호하죠."

"그런가요?"

"네. 그런 면에서, 자동차를 이용해서 바다에 추락하는 방식은 자살의 한 방식이긴 하지만 자의적으로 선택하는 경우는 적어요. 도리어 그런 방식은 사고사로 처리할 때 많이 쓰죠."

자살하는 사람은 엄청난 결심을 하고 그걸 실행에 옮기려고 한다. 그래서 특정 행동을 통해 결과를 도출하려 한다.

"사람들이 한강에 가서 굳이 신발을 벗고 강물에 뛰어드는 것은 일종의 정리하는 개념이 강한 행위라서예요. 그들이 과연 차가 없거나 아까워서 그러는 걸까요?"

"으음……."

차를 운전한다는 행동. 그것은 상당히 '일상적인' 행동이다.

그렇기에 '자살자가 보여 주는' 일반적인 행동하고는 거리가 멀다.

"도리어 그걸 이용해 자살하는 사람이 상당한 용기를 내야 할 때 그런 행동을 할 가능성이 높지요."

"어째서요?"

"다른 행동은 죽음의 형태가 바로 보이지만 차량은 아니니까."

가령 목을 매달면 죽은 모습이 바로 보인다.

또한 뛰어내리는 것으로도, 차 안에서 연탄을 피우는 것으로도 확실하게 죽은 형태에 이를 수 있다.

"하지만 차량을 이용해서 바다에 뛰어든다? 그건 아니죠."

일단 차량은 액셀만 밟으면 앞으로 나아간다. 그러니 자신의 죽음을 확실하게 인지해서 선택하기에는 약간 부족한 부분이 있다.

차량을 운전하는 행위가 일상적으로 계속되어 왔기 때문이다.

"그리고 이런 식으로 바다에 떨어지면 보통 두 가지 이유 때문에 죽거든요."

첫 번째는 익사, 두 번째는 추락 충격에 의한 낙사.

"맨몸으로 물에 빠지면 강렬한 충격으로 몸이 통제에서 벗어나요. 어떤 경우에는 그대로 기절하죠. 그래서 죽고자 하는 사람이 그 상황에서 벗어나기가 쉽지 않지요. 하지만 차량을 타고 있다면?"

김소라는 어깨를 으쓱했다.

노형진은 그런 그녀의 행동을 이해하고는 고개를 끄덕거

리면서 말했다.

"벗어나기 쉽지요."

"벗어나기 쉽다니?"

"일단 추락할 때의 충격을 차량이 막아 준다는 거야. 당연히 기절하거나 신체가 다치지 않지. 그래서 만일 바다에 빠진다고 해도, 필요하다면 차량에서 벗어나서 탈출할 수도 있어. 그러니 자살을 결심한 사람이 잘 안 쓰는 거고."

"아!"

차량을 이용해서 물에 뛰어드는 것은 다른 행동에 비해 생존 가능성이 높다.

더군다나 그러한 행동은 다른 운전자들의 눈에 확 띈다. 그래서 구조대의 출동도 상당히 빠르다.

그 때문에 진짜로 자살하려고 하는 사람이 선호하지는 않는다는 것이다.

"그리고 이상한 점이 또 있어요."

"이상한 점?"

"네. 노 변호사님이 프로파일을 부탁하셔서 좀 살펴봤는데요."

아무리 노형진이 어느 정도 실력이 있다고 해도 전문 프로파일러보다는 부족할 수밖에 없다.

그래서 사건 기록을 김소라에게 주고 그녀가 관련 기록을 검토해 주기로 한 것이다.

"차량 안에서 탈출을 시도한 흔적이 발견되었어요."

"탈출을 시도한 흔적?"

"네."

김소라는 자신이 받은 사진을 노형진에게 넘겨주며 말했다.

"사건 직후에 건져진 차량의 모습이에요."

추락한 차량은 바지선을 이용해 바다에서 건져졌다.

그걸 함께 보면서 김소라는 안전벨트를 가리켰다.

"이거 보여요? 안전벨트가 풀려 있어요."

"시신을 꺼내면서 푼 거 아닙니까?"

"아니요. 잠수부들은 그런 위험한 일은 안 해요."

물속은 한 치 앞도 안 보이는 경우가 많다.

특히나 이런 안전벨트 같은 끈 형태의 물건은, 까딱 잘못하면 잠수부 본인까지 휘감아 버리기도 한다.

사람들의 생각과 다르게 잠수부가 잠수할 수 있는 시간은 수십 분 단위다. 그리고 수심이 깊어질수록 그 시간은 급속도로 짧아진다.

"이 수심에서 잠수부가 잠수할 수 있는 시간은 20분 정도인데, 내려갔다가 올라오는 시간까지 따지면 수중에서 작업할 수 있는 시간은 길어 봐야 10분 내외예요."

김소라는 톡톡, 테이블을 치면서 말했다.

"그런 경우 잠수부는 빠른 작업과 안전을 위해 안전벨트를 칼로 잘라 냅니다. 칼은 모든 잠수부들에게는 기본 장비니까요. 그게 있는데 부유물이 잔뜩 있고 시체가 있는 차 안으로 굳이 몸을 밀어 넣어서 버튼을 눌러 시신을 꺼낸다? 안전을 위해서라도, 그리고 작업 시간을 생각해 봤을 때도 좋은 선택은 아니죠. 나중에 확인해 봐도 되겠지만, 일반적인 경우는 안전벨트를 자르지 풀지는 않아요."

하지만 사진 속의 안전벨트는 분명히 풀려 있었다.

"하지만 안 하고 있었을 수도 있지 않습니까?"

"저도 처음에는 그리 생각했지요. 하지만 부검 기록을 보면 그게 아니에요."

부검 기록에 따르면 안전벨트를 하고 있는 상태에서 가해진 충격에 의해 가슴 부위에 멍이 생긴 것으로 되어 있었다.

"즉, 차가 물에 빠지면서 차량 안으로 물이 들어오자 벗어나기 위해 노력한 거죠. 이게 자살자가 차량을 이용해서 잘 뛰어내리지 않는 두 번째 이유예요. 바로 죽는 게 아니라, 차에 물이 들어차기 시작하면 극심한 공포가 밀려오니까. 삶이 괴로워서 죽음을 선택하는 게 자살인데, 그 누가 그 죽음의 순간까지 괴롭고 싶겠어요?"

김소라의 말에 노형진은 고개를 끄덕거렸다.

그 기록은 자신도 봤다.

"하지만 다급한 마음에 벗었을 수도 있잖아요."

"그랬을 수도 있지."

물론 그것도 있을 수 있는 일이다.

자살 직전에 덜컥 겁이 나서 포기하는 사람들도 분명히 존재하니까.

"그런데 결정적으로 그녀가 자살하지 않았다는 증거가 있어."

"자살을 하지 않았다는 증거?"

"통화 기록을 봐 봐."

통화 기록에 따르면 그녀는 사고 직전까지 누군가와 전화를 한 것으로 되어 있다.

처음에는 사건이 자살로 처리되어 이런 기록도 없었지만, 노형진이 정식으로 수임하면서 몇몇 추가적인 조사가 이루어졌다.

"이 기록에 따르면 그녀는 자살 직전까지 누군가와 통화 중이었어."

"그러면 더 말이 안 되죠. 자살을 하려고 하는 사람은 다른 사람과의 통화를 피하는 성향이 있으니까."

"누군가 자살을 말리려고 한 거라면?"

"누군가 말리려고 한다면 자살자는 그와 최대한 길게 통화하려고 하지요. 본능처럼 마지막 생존의 카드를 잡으려고 하는 겁니다."

"그런데요?"

"그런데 그녀는 그러지 않았어. 전화가 끊어지자마자 바다로 뛰어들었지."

"하지만 그게 증거가 될 수는 없잖아?"

"그게 증거가 될 수는 없지."

노형진은 고개를 흔들었다.

여기까지는 충분히 있을 수 있는 일이다. 여기까지는 말이다.

"하지만 이다음에 벌어진 일은 충분히 있을 수 있는 일이 아니야."

"벌어진 일?"

노형진은 전화기를 들어서 스피커폰 상태로 바꿨다. 그리고 거기에 적혀 있는 마지막 통화 기록의 대상에게 전화를 걸었다.

잠시 후 들려오는 기계적인 목소리.

ㅡ없는 번호이오니 다시 확인하고 걸어 주시기 바랍니다.

"어?"

"사고 이후에 내가 전화를 건 것은 채 일주일이 안 된 시점이었어. 그런데 그사이에 번호가 사라졌어. 어째서일까?"

"글쎄……."

일반적으로 기계가 바뀐다고 해도 번호를 바꾸지는 않는다.

설사 바꾼다고 해도, 요즘은 옛날 번호로 온 전화를 최근의 번호로 돌려 주는 서비스가 시행되고 있다.

그러니 번호가 없다는 것, 그건 번호를 바꾼 게 아니라 진짜로 없앴다는 뜻이다.

"거기에다 친구라고 볼 수도 없어."

친구라면 번호가 이름이든 별칭이든 저장되어 있을 것이다.

하지만 기록상 번호가 저장된 흔적은 없다.

거기에다가 그 번호로 전화가 오기 시작한 지 채 3주가 되지 않았다.

"설마."

하나씩 조각이 맞춰지자 손채림은 얼굴이 창백해졌다.

누군지 알 수 없는 전화번호, 이유 없는 자살, 그리고 마지막 순간에 돌변한 이유까지.

"하지만 자살할 이유가 없잖아? 네가 말한 대로 멀쩡한 사람을 자살로 몰고 가는 것은 절대 쉬운 일이 아니야. 그런데 누가 피해자를 자살로 몰고 갔단 말이야?"

노형진은 눈을 찌푸렸다.

확실히 어려운 일이다. 한 가지 가능성만 빼면 말이다.

"내가 아까 그랬잖아, 아들에 대한 집착은 치료를 받는다고 해도 사라지지 않는다고. 아마도 그 집착은 서서히 약화되면서 다른 대상에게 넘어갔겠지. 가령……."

노형진은 파일에 있는 사진을 바라보았다.

"손자라든가."

"손자?"

"그래."

집착은 어찌 되었든 극단적인 사랑이라고 볼 수도 있다.

만일 상대방을 지킬 수 있다면 어떤 짓이든 할 수도 있다.

"설마……."

"설마가 아니에요. 미국에서 자살을 교사해서 죽도록 만드는 연쇄살인범들이 가장 많이 이용하는 대상이 아이들이에요."

돈이나 명예? 그건 없어도 그만이다.

하지만 가족을 지키지 못한다는 것. 그것은 그 사람에게 엄청난 충격이다.

더군다나 수년간 제대로 할머니 역할도 하지 못한 피해자의 입장에서는, 자신 때문에 자신의 손자가 죽는 것은 최악 중의 최악이라 할 수 있다.

"어쩌면 이거 일이 커질지도 모르겠어."

노형진은 걱정스러운 얼굴로 턱 아래를 긁적거릴 수밖에 없었다.

자살을 설계하는 자들

"살인이라고?"

서연우는 당혹스러운 표정으로 말했다.

어머니가 자살했다는 게 이상하다고는 생각하고 있었다. 하지만 살인이라니?

"누군가 위협해서 죽음으로 몰아갔을 가능성이 높아."

"누가?"

"그건 모르지."

그걸 알 수 있다면 좋겠지만, 상대방은 철저하게 자신을 감추고 있을 것이 뻔했다.

"도대체 왜?"

"통제형 살인범의 한 유형이야."

"통제형 살인범?"

"그래."

상대방을 자신의 통제하에 두고 그 힘을 느낌으로써 얻게 되는 쾌락을 추구하는 자들.

그런 자들을 통제형 살인범이라고 한다.

그런 놈들은 살인 그 자체보다는 상대방을 자신이 지배할 수 있다는 사실에 더 쾌락을 느낀다.

"그런데 왜 우리 어머니가 죽은 거야?"

"사람을 통제하는 데 있어서 최고가 뭐겠어? 다름 아닌, 그의 죽음을 자신이 통제할 수 있다는 거야."

"무슨 말도 안 되는……."

서연우는 어이가 없다는 듯 고개를 흔들었다.

상식적으로 그런 인간이 있을 것 같지는 않았기 때문이다.

하지만 옆에 있던 김소라가 그런 노형진의 말에 추가적인 설명을 해 줬다.

"통제형 살인범이라고 해도 여러 가지 타입이 있어요. 상대방의 목숨을 자신이 통제하는 것에 쾌락을 느끼는 타입도 있고, 상대방이 자신에게 매달리는 데에서 쾌락을 느끼는 타입도 있지요. 이런 경우는 자신의 말을 통해 상대방이 목숨까지 끊는 것에 쾌락을 느낍니다. 사실 자신의 명령에 따라서 상대방이 목숨을 끊는다는 것. 그건 통제의 끝이나 마찬가지이니까요."

"아니, 왜……."

서연우는 이해가 가지 않았다.

미치지 않고서야 누가 죽으라고 했다는 이유만으로 목숨을 버리지는 않을 테니까.

"나도 이상하게 생각했어. 그런데 수색할 때, 너희 어머니 집에서 이런 사진이 나오더라."

노형진은 뭔가를 꺼내서 그에게 건넸다.

"이건? 내 아들 아냐?"

어린이집에서 나오는 자신의 아이의 모습이 찍혀 있는 사진.

그걸 보면서 서연우는 고개를 갸웃했다.

"이게 왜 나와? 어머니가 찍으신 거야?"

"아니야. 보다시피 이건 몰래 찍은 거야."

"전에 찍은 거 아냐?"

"그럴 수도 있지. 하지만 키나 날씨 등을 봐서는 최근에 찍었을 가능성이 훨씬 더 높아."

아이는 두터운 겨울옷을 입고 있다. 즉, 겨울에 찍었다는 뜻이다.

그런데 작년에 찍었다면 아이는 더 작아야 한다. 아이들은 하루가 멀다 하고 크기 때문이다.

"이 사진을 보면 알겠지만, 아이 몰래 찍은 거야."

"아이 몰래?"

"그래. 너, 너랑 어머니가 언제부터 왕래했다고?"

"늦여름이나 초가을이니까⋯⋯."

그렇게 말하던 서연우의 얼굴이 굳어 갔다.

생각해 보면 어머니가 이런 사진을 찍을 이유가 없다.

전이라면 모르지만 지금은 보고 싶다면 언제든 볼 수 있고, 통화할 수도 있다. 몰래 이런 식으로 찾아다니면서 찍을 이유는 없는 것이다.

"더군다나 이 사진, 핸드폰으로 찍은 게 아니야."

"그럼?"

"DSLR급 카메라에 렌즈까지 연결해서 찍은 거야. 하지만 네 어머니께 그런 건 없더라."

"그건⋯⋯ 그런데⋯⋯."

확실히 그의 어머니는 카메라에 관심이 없었다.

다른 아주머니들과 마찬가지로 사진을 찍을 일이 있으면 핸드폰에 달려 있는 카메라를 이용했다.

그 세대의 어머니들은 보통 카메라에 그다지 관심을 가지고 있지 않으니까.

"더군다나 이 인쇄용지를 보면 사진관에서 뽑은 게 아니야."

"사진관에서 뽑은 게 아니라고?"

"그래. 개인용 프린터로 인쇄한 거야."

과연 사진을 개인용 프린터로 뽑아서 보관하는 사람이 있을까? 더군다나 자신의 손자의 사진을?

"그러면 설마⋯⋯."

서연우는 거기까지 듣고 노형진이 말하고자 하는 것을 눈치채고는 얼굴이 하얗게 질렸다.

"누군가 네 아이를 이용해서 네 어머니를 죽음으로 몰고 갔을 가능성이 높아."

"……."

서연우는 아무런 말도 하지 못했다.

확실히 전보다 조금 약해졌다는 거지, 어머니의 집착 성향이 완전히 사라진 것은 결코 아니었다.

그나마 지금은 손자에 대한 무한한 사랑으로 보일 정도.

"누군가 아이를 해친다고 한다면, 아이를 지키기 위해 뭐든 하려고 하셨을 가능성이 높아. 설사 그게 자신의 죽음이라고 할지라도."

"……."

서연우는 한참을 침묵만을 지킨 채로 사진을 물끄러미 바라보았다.

아주 가까이에서 찍은 듯한 모습이지만 아이는 카메라가 있다는 것을 인지하지 못하고 있었다.

즉, 노형진의 말대로 누군가 카메라로 확대해서 몰래 찍었다는 뜻이다.

"어째서 신고하지 않으셨던 거야……."

서연우는 울컥했다.

그런 일이 있었다면, 신고만 했었어도 범인도 잡고 어머니도 살 수 있었을지도 모른다.

"신고하기가 쉽지 않았을 거야."

"어째서?"

"이런 놈들은 보통 팀 단위로 움직이거든요."

김소라는 고개를 흔들며 말했다.

"통제형 살인범들의 주변에는 그의 명령을 따르는 복종형 인간들이 존재해요. 그리고 그들은 팀으로 움직이면서 주범의 명령에 따라 살인을 하거나 특정 행동을 하기도 하죠."

"그게 무슨 말이지요?"

"신고를 한다고 해도 다른 범인이 아이를 해칠 거라는 거지."

사실 혼자서 그러는 놈이라면 신고하면 그만이다.

신고하고 아이를 감시하거나 잘만 추적하면, 상대방을 잡는 것은 어려운 일이 아니다.

"하지만 그런 상황이 아니라면?"

만일 범인이 여러 명이라면?

신고해서 한두 명 정도는 잡을 수 있을지도 모르지만, 그 이후에 다른 사람들이 아이에게 해코지할 수도 있다.

"아이뿐만이 아니야. 너와 제수씨, 배 속의 아이까지, 그들이 해를 끼치려고만 한다면 방법은 많아."

"우우우……."

그러니 신고도 하지 못하고 결국 죽음을 선택할 수밖에 없었을 것이다.

"크흑…… 어머니……."

서연우는 눈물을 흘렸다.

설마 그런 일이 있을 거라고는 생각도 못 했기 때문이다.

"물론 지금 생각하는 건 가정에 불과하기는 하지만."

그러나 여러 가지 증거를 보면 그런 협박을 하는 놈이 있었을 가능성은 아주 높다.

결정적으로 이런 인쇄된 사진을 보낸다는 것 자체가 일반적인 사람일 리가 없다는 증거다.

"사진을 가지고 경찰에 가면 어떨까?"

손채림은 사진을 보면서 조심스럽게 물었다. 하지만 노형진은 고개를 흔들었다.

"이미 경찰은 자살로 확정 지었어. 사진을 출력해서 가지고 간다고 해도 그걸 이유로 조사해 주지는 않아. 더군다나 이건 그냥 프린터로 뽑은 거야. 뽑으려고 한다면 어느 때고 뽑을 수 있는 사진이야."

피해자야 의심할 수 있는 수준이지만, 경찰의 입장에서는 재조사를 할 정도의 이유가 되는 것은 아니다.

"이런 유의 살인범들은 절대로 자신들이 잡힐지도 모르는 방법은 남기지 않아요."

아마도 통화 기록상에 있는 핸드폰도 대포폰일 테고, 이 사진을 보내는 방식도 우편이 아니라 직접 사람을 써서 우편함에 넣었을 것이다.

"그러면 CCTV를 확인하는 건?"

"시간도 모르거니와, 시간을 알아서 누군지 찾아낸다 해도 그냥 심부름꾼일걸."

노형진은 설명하면서 눈을 찌푸리며 사진을 바라보았다.

'기억을 읽어도 방법이 없고.'

혹시나 사진에 관련된 정보가 있을까 하고 기억도 읽었다.

하지만 나오는 기억은 없었다. 아마도 지문이나 유전자가 묻을 것을 걱정해서 장갑을 끼고 움직인 것이 확실했다.

"그러면 방법이 없는 거야? 살인범이라며! 그 새끼, 연쇄 살인범이라며!"

"그래서 문제입니다. 이런 타입의 살인범은 존재를 인지하는 것도 힘들지만 추적은 더 힘들어요."

지금까지 이런 방식의 살인범들이 잡히지 않은 것은 아니다.

미국에서 몇 번인가 이런 사건들이 있었고, 살인범들은 분명히 잡혔다.

"하지만 미국에서도 경찰이나 FBI가 사건을 인지해서 잡힌 게 아니에요. 피해자들이 관련자들을 대피시키고 신고해서 인지되어 잡힌 경우가 대부분이에요."

"한국은! 왜 그게 안 되는 거야!"

"한국의 피해자 보호 프로그램은 제대로 되어 있지 않으니까."

미국에서는 피해자가 생명의 위협을 받는다고 하면 경찰을 배치하든가 다른 곳으로 거처를 옮길 수 있게 도와준다.

하지만 한국에서 해 주는 최선은 그냥 순찰을 늘려 주는 정도이고, 그나마도 일주일 정도 지나면 흐지부지된다.

"크윽……."

서연우는 분노에 찬 시선으로 사진을 노려보았다.

누군가 범인이 있는데 잡을 수가 없다니.

"아예 방법이 없는 건 아냐."

"아니라고?"

"그래."

"어떤 방법?"

"아까 말했잖아, 인지가 힘들 뿐이지 미국에서도 추적은 했다고."

그러면서 노형진은 김소라를 바라보았다.

그러자 김소라는 자신도 안다는 듯 고개를 끄덕거렸다. 그리고 자신이 아는 바를 설명했다.

"이런 범인들의 특징이 있거든요."

아주 지능적이며, 외부적으로는 얌전하고 착해 보인다.

사람들이 보기에는 상당히 정정당당한 원리원칙 주의자다.

"통제형 범죄자들은 대상이 통제를 벗어나는 걸 참지 못해요. 그건 범죄뿐만 아니라 주변의 일상생활에서도 벌어지는 일이에요."

그래서 그런 이들이 가지고 있는 성향을 추적하면 어떤 자가 그런 사람인지 찾을 수 있다.

"하지만 그런 사람이 한두 명이 아니잖아."

손채림은 고개를 갸웃했다.

그런 원리원칙 주의자는 엄청나게 많다. 그런 사람들을 다 추적할 수는 없다.

"그렇기는 하지. 하지만 이런 방식의 협박은 두 가지 전제 조건이 확실해야 해."

"어떤 거?"

"첫째, 피해자의 개인적인 성향에 대해 잘 알고 있을 것."

"아!"

일반적인 사람이라면, 이런 협박이 들어오면 당장 경찰에 신고부터 하려고 할 것이다.

신고하지 못하고 혼자서 전전긍긍하는 사람인지는 가까운 사람이 아니면 알 수가 없다.

"둘째는 개개인과 상당히 친분이 있을 것."

"친분?"

"그래. 그 개개인의 사정에 대해 잘 알고, 또 그 안에서 약점을 찾을 수 있는 사람일 것."

"으음……."

그런 사람이라면 확실히 반경이 줄어든다.

"이 경우는 확실하게 약점이 손자인 것을 알고 있었어. 즉, 범인은 피해자인 네 어머니가 뭘 가장 두려워하는지 안다는 거지."

노형진은 서연우의 어머니에 대해 알고 있다. 절대로 그런 약한 모습을 보여 주는 타입이 아니다.

즉, 그런 약한 내면을 알 정도면 상당히 친밀할 수밖에 없다는 뜻이다.

"으으음……."

손채림은 잠깐 고민했다.

그러다가 문득 생각나는 사람이 있는지 고개를 들어서 물었다.

"의사 어때?"

"의사?"

"그래, 상담받았다면서. 그러면 정신과 의사나 상담사가 범인 아닐까?"

김소라가 고개를 흔들었다.

"그럴 가능성은 낮아요."

"어째서요?"

"일단 그들은 내면에 대해 잘 알기는 해요. 하지만 반대로 자살할 이유가 없을 정도로 상태가 호전되었다는 것도 알고 있지요."

"아……."

"그리고 이런 범인은 범죄를 멈춰요. 자신의 환자 중에서 계속 자살자가 나온다면 의심받을 수밖에 없으니까요."

"그런가요?"

"그래. 게다가 이미 두 사람에 대해 조사해 봤어."

하지만 정신과 의사도 상담사도, 모두 멀쩡한 사람들이었다.

물론 정신과라는 특성상 환자 중에 자살자가 없는 것은 아니었지만 이상해 보일 정도는 아니었다.

"그러면 누구지?"

"그게 문제예요."

손채림과 김소라는 그 사람을 특정하는 게 쉽지 않아서 골치가 아팠다.

심지어 서연우조차도 생각하다가 고개를 흔들었다.

그럴 수밖에 없는 게, 연을 끊어서 오랜 시간 연락이 없었다 보니 주변 인물에 대해 알 리가 없기 때문이다.

"내 생각에는 주변 인물을 살펴봐야 할 것 같아."

"주변 인물요?"

김소라는 고개를 갸웃했다.

주변 인물이라고 한다면 결국 답이 똑같다는 소리 아닌가?

"어차피 주변 인물을 봐야 하는 거 아닌가요?"

"그렇지요. 하지만 우리 피해자의 주변 인물이 아닌, 가해자의 주변 인물로 생각을 바꿔 보죠."

"가해자의 주변 인물요? 그 사람들을 왜요?"

김소라는 고개를 갸웃했다.

사건의 피해자 주변을 털어 봐야지, 가해자 주변 인물을 털어 보자니 이해가 가지 않았던 것이다.

이것이법이다

하지만 다음에 이어진 말에 그녀는 자신도 모르게 탄성을 내질렀다.

"제가 이쪽을 공부할 때 느낀 게, 이런 타입의 범인들은 주변을 철저하게 통제한다는 겁니다."

"그건 알고 있죠."

"그래서 보통 잡혔을 때 주변에서 하는 말이 '그 사람이 그런 사람일 줄 몰랐다. 그 사람은 법 없이도 살 것 같은 사람이었다.'라는 것이었지요."

"평? 아! 인터뷰!"

"네, 인터뷰요."

이런 사건이 벌어지면 방송국이나 경찰이 주변 인물을 상대로 인터뷰를 하는데, 이런 식의 말이 참 많이 나온다.

즉, 주변에서 전혀 눈치채지 못할 만큼 철저하게 자신을 감추고 있다는 뜻이었다.

"반대로 말하면 그런 평을 받는 사람일수록 도리어 의심스럽다는 거지."

노형진은 기존에 있던 사건들을 머릿속으로 생각하면서 천천히 말했다.

"그를 만난 곳은 피해자가 정기적으로 다니면서 정서적으로 기댈 수 있는 곳일 가능성이 높아."

업무적으로 만났거나 그저 스쳐 지나가는 사람이라면 속을 터놓고 이야기하는 사람이 될 수가 없다.

"친구일 수도 있나?"

생각나는 어머니 친구 몇 명이 있는지, 서연우가 불안하게 물었다. 하지만 노형진은 고개를 흔들었다.

"그럴 수도 있지. 하지만 오랜 친구는 아닐 거야."

"으음…… 도무지 모르겠다."

어머니가 어디를 다녔는지 또 어디서 어떤 식으로 사람을 만났는지, 서연우는 아는 게 하나도 없었다.

"핸드폰에 있는 모든 번호를 추적해야 할까?"

손채림도 고민을 하다가 말했다.

주변을 털기 위해서는 최소한 어디서 만났는지는 알아야 하기 때문이다.

"그럴 필요 없어."

"응?"

"너, 어머니가 돌아가시고 조문객 받았잖아?"

"그렇지."

"어머니 핸드폰에 있는 번호로 모두 문자 돌렸지?"

"응."

"인간적으로, 그리고 정서적으로 유대 관계를 맺고 있는 곳이라면 장례식장에 오지 않았을까?"

서연우의 얼굴이 딱딱하게 굳었다. 그 말은 살인범이 장례식장에 와서 조문하고 갔다는 뜻이기 때문이다.

"설마……."

이것이 법이다

"설마가 아니야. 그런 조문은 일종의 트로피야."

자신의 통제가 완벽하게 먹혔다는 증거, 그럼에도 불구하고 자신은 걸리지 않았다는 쾌감.

그 모든 것이 절정에 오르는 곳이 바로 장례식장이다.

김소라는 이해를 돕기 위해 말을 덧붙였다.

"실제로 가해자가 피해자의 장례식장에 오는 경우는 많아요. 승리감을 맛보기 위한 경우도 있고, 알리바이를 위한 경우도 있지요. 정서적으로 친밀한 사람이 죽었는데 장례식장에 가지 않으면 이상하게 생각할 테니까."

"그리고 그들은 모두 자신의 이름을 알려 주고 가지."

노형진은 확신하듯 말했다.

"부조함, 까 보자."

⚖️

한국의 문화는 찾아온 사람들의 이름을 남기는 것이 일반적이다. 방명록을 쓰기도 하고 부조를 하는 봉투에 자신의 이름을 써 넣기도 한다.

그러니 누가 오든 그 흔적이 남을 수밖에 없다.

"많네."

노형진은 서연우가 가지고 온 봉투를 분류하면서 입맛을 다셨다.

"너무 많은데. 이걸 어떤 식으로 분류하지?"

"일단 연우의 지인은 분류해서 빼놨으니까 이 안에서 천천히 구분해야지. 일단은 금액으로 분류하자."

"금액?"

"그래. 주변을 그런 식으로 통제하고 주변에 좋은 사람으로 보이려고 하는 사람이 과연 적은 돈을 넣을까?"

"아."

"최소한의 금액은 넣었을 거야. 그러니까 5만 원을 기준으로 하자고. 요즘은 일반적으로 5만 원이 보통이니까."

다행히 서연우가 사전에 금액을 봉투에 표시한 덕분에 분류하는 것은 어렵지 않았다. 그런데 그 과정에서 노형진은 상당히 의심스러운 이름을 발견했다.

사실 그거 말고는 의심이 가는 곳이 없다고 봐야 한다.

"참된영광 교회라……."

분류를 하면서 나온 이름들.

그건 다름 아닌 교회라는 집단이었다.

"왜?"

"아니, 이곳이 의심스럽지 않아?"

"교회가?"

"정확하게는 교회에 속한 누군가지."

"어째서?"

"정서적으로 교류하고, 누군가에게 마음 놓고 이야기할

수 있고, 정기적으로 만나고."

"으음……."

생각해 보면 사람이 정서적으로 교류하는 곳은 한정되어 있다.

"교회라는 집단은 그런 성격에 딱 맞아. 그리고 외국의 사례에 보면 살인범이 종교 단체에 속한 경우가 제법 많아."

"어, 그래?"

"그래, 사람들은 종교를 믿는 사람들이 선할 거라는 편견을 가지고 있거든. 지능형 범죄자들은 그 점을 악용하지."

"실제로 그렇지 않아?"

"웃기지만 전혀 아니야. 연구에 따르면 도리어 종교를 믿는 사람들이 범죄자인 비율이 무신론자들보다 높아."

일단 미국 같은 곳이 교회를 기반으로 하는 문화인 것도 있지만, 집단적으로 이야기하기 좋은 곳이며 또 서로의 정보를 공개하기 때문에 피해자를 특정하기 좋다는 특징의 영향이 크다.

"더군다나 범죄자들은 자기들 나름대로 피해자를 보는 방식이 있거든. 피해자를 고르는 조건이라고 해야 하나?"

그런 면에서 종교 시설은 참으로 군침이 도는 대상이다.

사람들은 종교 시설에서 만난 사람에게 우호적으로 행동하기 때문이다.

"거기에다 추적하기도 쉽지 않아. 특히나 한국은."

"한국은?"

"그래. 한국은 외국보다 훨씬 종교 시설이 크거든. 교회라면 더더욱 그렇고."

"아……."

"참된영광 교회 같은 경우도 그럴 것 같은데?"

"잠깐만."

손채림은 핸드폰으로 참된영광 교회에 대해 간단하게 검색을 했다.

그러더니 고개를 절레절레 흔들었다.

"신도 수가 30만이다, 헐."

"그러겠지."

한국의 교회는 그 덩치가 어마어마하다. 그래서 그 안에서 벌어지는 수많은 교류를 모두 추적할 수는 없다.

"더군다나 교회가 크다는 것은 주변에서 오는 사람도 많다는 뜻이거든."

"으음……."

"당연히 지역적으로 특정하는 것도 쉽지 않아."

물론 그 교회 주변에서 오는 사람일 가능성이 높지만, 설사 그렇다고 해도 특정 사람을 범인으로 지목하는 것은 불가능하다.

"일단 특정은 이 안에서 해야 할 거야. 아마도 그 정도 친목을 가진 사람이라면 분명히 왔을 테니까."

"음······."

인원은 많지만 이런 범죄는 범인이 피해자에 대해 잘 알아야 한다.

즉, 개인적인 관계가 있어야 한다는 것.

'불륜이 아닌 이상에야 그런 걸 비밀로 할 리 없지.'

즉, 주변의 눈치 때문이라도 참석했을 것이다.

"일단······ 5만 원 이하를 제하고 나면······ 의외로 많지는 않네."

"요즘은 기본이 5만 원이니까."

그다지 친하지는 않고 그냥 서로 아는 사이라고 한다면 5만 원 정도이고, 단체에서 한꺼번에 모아서 하는 경우에는 가끔 3만 원만 내는 사람도 있다.

"개인적으로 아는 사람이라면 분명히 좀 더 넣었을 거야. 희망 사항이기는 하지만."

"만일 모른 척 5만 원만 넣으면? 어차피 부조를 얼마나 넣는지는 본인하고 유가족만 알 수 있잖아."

"그럴 수도 있기는 하지만······."

과연 그럴까? 그 부분은 확실하지 않다.

돈을 아끼기 위해 그럴 수도 있고, 또 자신을 드러내지 않기 위해 그럴 수도 있다.

"음······ 그건 확인해 봐야 할까?"

노형진은 당장 전화를 들어서 김소라에게 물어봤다.

그도 어느 정도 심리를 읽을 수 있다고 하지만 김소라만큼 잘 읽을 수는 없기 때문이다.

김소라는 예상대로 확실하게 선을 그어 줬다.

ㅡ아니에요. 일반적인 수준의 금액을 넣지는 않았을 거예요.

"그래요? 하지만 자신을 감추는 타입이잖아요."

ㅡ자신을 감추려고 하는 것도 사실이지만, 그는 통제형 범죄자예요. 피해자가 죽었다고 하지만 그 통제력을 상실한 건 아니죠.

"통제력은 상실한 게 아니다?"

ㅡ정확하게는, 죽도록 통제한 거죠. 그걸 확인하기 위해 장례식장에 온 거고요.

"그런데요?"

ㅡ반대로 말하면 통제의 대상이 피해자에서 유가족으로 바뀐 거죠.

그 말을 옆에서 듣고 있던 손채림은 갑자기 소름이 돋았는지 부르르 떨었다. 설마 그런 미친 짓을 할까 하는 생각이 들었던 것이다.

"설마요."

ㅡ범죄자를 일반적인 기준으로 판단하면 안 돼요.

"그러면 유가족들을 죽이려는 거예요?"

ㅡ죽이려고 한다기보다는, 관찰하는 거죠. 자신이 만들어 낸 결과를. 그리고 그걸 위해서는 상대방과 친목을 쌓아 둬

야 하니까.

"으음……."

소름 돋는 방식이기는 하다. 이미 한 명을 죽이는 것만으로도 모자라서 남은 이들을 관찰하다니.

'하지만 통제형 범죄자들 중에는 여러모로 미친놈이 많지.'

노형진은 고개를 흔들었다.

―아마 다른 사람과 다르게 상당히 많은 돈을 줬을 거예요. 장례식장에서 많은 돈이라는 것은 죽은 피해자와의 관계를 드러내는 일종의 친목의 비용이니까요.

"그러면……."

손채림은 뭔가 생각난 듯 봉투들을 뒤적거리더니 한 장을 꺼내 들었다.

"이게 의심스러운데."

"뭔데?"

"아까 찾다 보니까 무려 100만 원이나 표시되어 있더라고."

"100만 원?"

노형진은 고개를 갸웃했다.

100만 원은 절대로 작은 돈이 아니다.

물론 아예 없는 건 아니다. 그만큼 자산이 있다면 말이다.

"뭐라고 되어 있는데?"

"어디 보자…… 금한자동차공업 대표라고 되어 있는데."

"금한자동차공업? 일단 다른 것 좀 찾아봐야겠네. 소라

씨, 감사합니다. 나중에 다시 부탁드릴게요."

김소라와의 전화를 끊은 노형진은 당장 그 금한자동차공업이라는 기업에 대해 찾아봤다.

"피해자 집 근처에 있는 자동차 정비 회사군. 규모도 작지 않은 편이고."

동네의 작은 수리소가 아니다. 제대로 된 정비 공장을 가지고 있는 규모의 정비소다.

"이 사람일까?"

"돈을 많이 넣은 사람이 그 사람뿐이야?"

"어…… 잠깐만……."

정리한 명단을 보던 손채림은 고개를 흔들었다.

"그런 것 같은데."

일반적으로 교회에서 오는 사람들 중 제일 많이 낸 사람이 50만 원 선이다. 개인적으로 친분을 가지고 있는 사람치고는 확실히 돈을 많이 넣었다.

"중요한 건 그거군."

"어떤 거?"

"과연 피해자에게 면허가 있느냐."

"면허가 왜?"

"자동차 정비 업체 사장이 교회에서 미망인이랑 친해질 가능성이 얼마나 될까?"

그다지 높지 않다.

서연우의 어머니는 나이가 많다. 그러니 이성적인 감정으로 접근할 이유는 별로 없다.

"아무래도 조사를 좀 해 봐야겠어."

그리고 그에 대해 물어볼 만한 곳은 결국 교회뿐이었다.

⚖️

"고생이 많으시죠?"

노형진은 금한자동차공업사의 대표인 김규호를 보면서 혀를 내둘렀다.

'이거, 뻔뻔하다고 해야 하나?'

서연우의 손을 잡고 힘내라고 다독거리는 그의 모습을 보면서 노형진은 소름이 돋았다.

"우리 자매님은 좋은 곳으로 가셨을 겁니다. 그러니까 우리 형제님도 힘내세요."

이어 그는 주변에 인사하면서 건물 안으로 들어갔다.

노형진은 우연하게 만난 서연우에게 다가갔다.

"아는 사람?"

"아니, 여기 집사님이래. 어머니랑 친하셨다고."

"그래?"

"그런데 어쩐 일이야? 교회는 왜?"

"아니, 여기에 의심스러운 사람이 있어서."

"의심스러운 사람?"

"그래."

"누군데?"

"방금 그 사람."

서연우의 얼굴이 딱딱하게 굳었다.

설마 살인범이 자신을 위로할 줄은 몰랐기 때문이다.

"하지만……."

"그래, 무슨 뜻인지 안다. 하지만 그럴수록 더 무서운 거 아니냐? 사실 프로파일이랑 딱 맞는 사람이고."

어느 정도 피해자와 친분이 있고, 사람들에게 존경받는 위치에 있으며, 사람들에게 인정받고, 또 착한 사람으로 소문이 난 사람.

"서, 설마……."

서연우는 흔들리는 눈빛으로 멀어지는 김규호를 바라보았다.

김규호는 짧은 거리를 가는 와중에도 수많은 사람들의 인사를 받으며 미소를 흘리고 있었다.

"일단 사람들에게는 상당히 인정받고 있는 모양이네."

노형진은 차갑게 말했다.

프로파일상으로도 그는 가면을 능숙하게 쓰는 사람이라고 했다. 소위 말하는 무골호인 타입.

"하지만 범인은 여러 명이라며?"

"주범이 하나에 종범이 여러 명인 형태인 거지."

이것이 법이다

"주범?"

"그래."

혼자서 사건을 벌인다면 신고가 들어가는 즉시 협박으로 체포당할 것이다.

하지만 혼자서 움직이지 않으니 신고하지 못하는 것.

"그는 기업체를 가지고 있어. 그런 곳에서 사람을 뽑는 것은 어려운 일이 아니지."

"하지만……."

"종범은 종속적인 성향이 강해. 그런 사람들은 상급자들의 명령에 복종하면서 심리적 안도감을 느끼지. 쉽게 말해서 노예근성이 상당히 강하다는 거야."

"……."

"기업을 경영하는 사람 입장에서는 상당히 반가운 타입이라고 해야 하나?"

자신의 명령을 철저하게 따라 주는 사람. 거기에다 배신하지도 않는 사람.

"거기에다 무골호인이니까 주변에서는 의심하지 않지."

"그거 그냥 상상 아니야?"

"상상일지도 모르지."

사실 수십만 명이 다니는 교회에서 그런 모습을 보이는 사람이 한두 명은 아닐 것이다.

'이런 사이코패스가 한두 놈도 아닐 테고.'

열 명 중 최소 한 명은 사이코패스의 성향을 보인다는 연구 결과가 있다.

세상에 사이코패스는 일반인이 생각하는 것보다 훨씬 많다.

다만 그 증상이 강하느냐 약하느냐 차이만 있을 뿐.

이 안에도 수많은 사이코패스가 있을 게 분명하다.

"그래서 교회에 온 거야, 저 사람에 대해 조사를 하려고?"

"그래, 하지만……."

노형진은 멀어지는 김규호를 보면서 눈을 찌푸렸다.

"아무래도 조사할 이유가 없을 것 같네."

채 100미터도 안 되는 거리.

그 짧은 거리를 움직이는 동안 그에게 인사하는 수십 명의 사람들을 보면서 노형진은 씁쓸하게 말했다.

⚖️

"이게 뭐죠?"

인쇄된 그릇 사진을 보면서 김소라는 고개를 갸웃했다.

분명히 손채림은 그의 공장을 조사한다고 했다. 그런데 정작 그녀가 가지고 온 조사 자료는 서류가 아닌 밥 먹을 때 쓴 그릇의 사진이었다.

"보다시피 음식물 배달시킨 거요."

"그건 알겠는데……."

김소라는 당혹스러웠다.

보통 조사라고 하면 그 주변 인물에 대해 캐묻는 것이 일반적이기 때문이다.

그런데 배달시킨 음식물을 조사해 오다니?

"맛집 취향이라도 알아보려고요?"

"아니요."

손채림은 씩 웃으면서 손가락을 흔들었다.

"전에 그랬잖아요, 통제형 범죄자인 만큼 통제 대상을 주변에 둘 거다. 그러면 결국 가장 가까운 곳은 공장 아니겠어요?"

"그건 그렇지요."

공장이라고 해도 수십 명이 일하는 규모는 아니다. 기껏해야 열 명 정도.

"그런데요?"

"심리적으로 예속된 사람한테 사장님이 어떤 사람이냐고 물어봐도 대답해 줄 것 같지도 않고요, 사실 물어본다고 해도 우리한테 사실대로 대답해 줄 가능성보다는 사장에게 보고할 가능성이 더 높잖아요."

"그건 그래요."

"그래서 다른 쪽으로 파고들어 봤지요."

"다른 쪽?"

"심리적으로 예속된 사람이라면 철저하게 사장의 기호에 맞춰 따라가지 않을까 하는 그런 생각?"

"아!"

김소라는 손채림의 통찰력에 깜짝 놀랐다.

기호까지 맞춘다는 것. 그건 맞는 말이다.

하지만 자신도 거기까지는 생각하지 못했다.

"확실히 그러네요."

"네, 그래서 며칠간 배달시키는 음식을 확인해 봤어요."

배달 기록을 보는 거야 어렵지 않다.

주변의 식당에 확인하기만 하면 되는 것이고, 각각의 음식은 그릇도 다르고 잔여물이 생기기 때문에 남은 그릇을 보면 어떤 음식을 시켰는지 알 수가 있다.

'아깝네.'

손채림을 보면서 김소라는 입맛을 다셨다.

아마 그녀가 정식으로 프로파일을 배웠다면 상당히 유능한 프로파일러가 되지 않았을까 하는 생각에서였다.

"그래서 어떤데요?"

"음식이 극단적이라고 해야 하나?"

"극단적?"

"네. 알아본 결과 김규호는 자극적이지 않은 음식을 선호하더라고요."

그 정도를 알아내는 건 어렵지 않다.

표적인 그가 바깥에서 먹는 음식을 관찰하는 거야 같은 식당에 들어가면 그만이니까.

"그래서 그가 출근했을 때와 출근하지 않았을 때의 배달을 비교해 봤어요. 이쪽이 그가 출근했을 때, 그리고 이쪽은 그가 출근하지 않았을 때. 차이점을 알겠어요?"

"음······."

김소라는 물끄러미 사진을 바라보았다. 그리고 어렵지 않게 차이점을 알 수가 있었다.

이미 힌트는 주어진 상태고, 그녀 역시 실력 있는 프로파일러이기 때문이다.

"세 개 정도의 메뉴가 바뀌네요."

"그래요."

김규호가 출근하지 않았을 때 먹는 음식은 대부분 자극적이고 맛이 강한 것들이었다. 김치찌개나 부대찌개, 청국장 등등.

하지만 그가 출근했을 때 먹은 음식 중 세 개 정도는 맛이 순한 것으로 바뀐다. 김밥이나 우동 같은 것으로 말이다.

"물론 추가적으로 순한 맛으로 바뀌는 경우가 종종 있어요. 하지만 기본적으로 세 개는 꼭 유지하고 있어요."

"확실히 그렇지요."

"그런데 사람 입맛이라는 게 그렇게 쉽게 순한 맛으로 바뀌진 않잖아요?"

"그건 그렇지요."

인간은 자극에 약하다. 한번 자극을 받으면 익숙해지고, 더 강한 자극을 찾게 된다.

그렇게 마약에 중독되는 것처럼 음식도 마찬가지다.

자극적이고 강한 맛에 익숙한 사람은 순한 맛에 익숙하지 않아서 그런 음식을 덜 먹게 된다. 그럼에도 불구하고 사장이 출근할 때마다 그런 맛이 고정적으로 들어간다.

물론 그것만 계속 먹는다면 순한 맛을 좋아하는 사람이라고 볼 수도 있을지도 모른다. 하지만 김규호가 출근하지 않았을 때의 음식은 오로지 자극적인 것 일색이다.

"의심스럽지 않아요?"

"의심스럽네요."

단순히 음식물의 기호일 수도 있다.

하지만 이런 식으로 누군가 있을 때와 없을 때 극단적으로 맛이 바뀌는 것은 정상이 아니다.

"심리학적으로 기대는 사람은 세 사람 정도네요. 거기에다가 그는 주변에 동조해서 자신의 색을 지키지 못하고 있어요."

손채림의 의견에 김소라는 수긍하면서 프로파일링한 해석을 내놓았다.

"만일 취향이라면 같은 음식을 계속 시켰겠지요. 하지만 사장이 없을 때는 다른 사람을 따라서 음식을 시키네요."

가령 주류가 김치찌개라면 그날은 김치찌개를, 순두부찌개라면 순두부찌개를 시킨다. 무조건 세 개를 배제하고 보면 되니 그다지 어려운 계산도 아니다.

"그런 면에서 볼 때 심리학적으로 종속적이고 주변에 기대는 성향이 강해요. 전형적인 종범의 심리와 비슷하죠."

"역시!"

손채림은 기분이 좋아졌다.

그냥 주워들은 걸 기반으로 얼치기 수준으로 가능성을 따
진 거지만 명확한 분석이 나오자 자신이 맞았다는 것을 알
수 있었기 때문이다.

"하지만 그런 사람이 누군지……."

"벌써 알아냈지요."

손채림은 씩 웃으면서 사진을 꺼내서 흔들었다.

거기에는 동영상에서 캡처 한 듯한 사람들의 모습이 찍혀
있었다.

"어? 벌써요?"

"네, 배달하는 사람으로 들어가는 건 어렵지 않으니까."

"아!"

식당에 돈을 좀 쥐어 주고 배달하는 사람으로 위장해서 안으
로 들어간다. 그리고 그 후에 초보인 척하면서 뭉그적거린다.

실제로도 초보가 맞으니까.

음식이 오면 사람들은 자신의 음식을 자기 앞으로 가지고
간다. 그걸 일일이 찍을 수는 없겠지만, 작은 카메라를 이용
해서 촬영하는 것은 어려운 일이 아니다. 무슨 기밀이 있는
곳도 아니니까.

"며칠간 살펴보니까 이 세 사람이 영향을 받더라고요."

손채림은 사진을 꺼냈다.

김소라가 그걸 받아서 보려고 하는 찰나, 뒤에서 불쑥 튀어나온 손이 먼저 그걸 받아 들었다.

"이제 들어오는 거야?"

"응."

카메라에서 캡처 한 사진을 뚫어지게 바라보면서 노형진은 고개를 끄덕거렸다.

"확실히 좀 줏대가 없어 보이기는 하네요."

"그런 모습이 보이기는 하네요."

세 사람의 모습은 단순히 선량해 보인다는 느낌이 아니었다.

주눅이 들어 있고, 다른 사람들과 거리를 두는 성향을 다소간 보이고 있었다.

"그런데 이런 사람을 어떻게 세 명이나 구한 거죠?"

김소라는 고개를 갸웃했다.

"종범을 할 정도로 끌려다니는 타입의 사람을 찾는 건 쉽지 않아요. 물론 주범이 그런 것에 예민해서 찾을 수 있다는 게 사실이기는 하지만, 그런다고 해도 이런 식으로 세 명이나 구하는 건 어려운 일일 텐데?"

"그건 알아보면 되겠지요."

노형진은 그 세 사람을 보면서 미소 지었다.

"남은 건 이들을 어떤 식으로 이용해 먹느냐는 겁니다, 후후후."

노예근성

　세 사람에 대해 조사가 들어가면서 그들을 어떤 식으로 김
규호가 찾아냈는지 알아내는 것은 어려운 일이 아니었다.
　"세 사람 다 고아야."
　"고아?"
　"그래. 김규호가 거둬 줘서 거기서 일하고 있어. 기숙사
생활을 하고 있고."
　"흠……."
　노형진은 눈을 찌푸렸다.
　통제형 범죄자가 종범의 생활을 통제하는 것은 흔하게 벌
어지는 일이다. 거기에다 고아라니.
　"고아인데 거기서 일하게 된 이유가 뭐야?"

"그가 그들을 거둬서 기술을 가르친 모양이야. 그래서 거기서 정비사로 일하고 있어. 그것 때문에 김규호가 주변에서 착한 사람이라고 칭찬을 많이 듣고 있는 모양이기도 하고."

"하긴……."

통제형 범죄자는 주변 평판에 민감하다. 자신의 진면목을 감춰야 하기 때문이다.

그런데 고아를 거둬들여서 기술을 가르쳐 준다?

주변에서 그를 칭찬할 만한 가장 큰 이유가 되는 것이다.

"같은 고아원 출신이야?"

노형진은 그 말을 들으면서 직감이 왔는지 물었다.

손채림은 고개를 흔들었다.

"전혀 달라. 심지어 한 명은 도 자체가 달라. 왜?"

"역시나."

"역시나라니?"

"통제형 범죄자잖아. 종범을 그냥 고르지는 않았을 거야."

"그런데?"

"한 고아원에 세 명의 종속적 인간이 있을 가능성이 얼마나 될까?"

손채림의 얼굴이 딱딱하게 굳었다.

"잠깐만…… 그러면……."

기록을 다시 한 번 확인하는 손채림.

세 사람은 전부 다 다른 고아원 출신이다. 그러면 나오는 결론은 하나뿐이다.

"설마 종속적 인간을 찾아다니면서 스스로 자신의 종범을 선택한다는 거야?"

"그럴 가능성이 높지. 그런 성향이 강하니까."

"너무 억측 아냐?"

"억측이라고 보기는 그렇잖아? 고아원에 고아가 한두 명도 아니고, 그중에서 자동차 기술을 배우고자 하는 사람이 한두 명일까?"

"아……."

확실히 앞이 캄캄한 고아들에게 자동차 수리 기술이 있다는 것은 상당한 이득이다. 당장 취업을 쉽게 할 수 있기 때문이다.

"더군다나 인간은 좋은 일을 할 때 일단 눈에 보이는 사람부터 챙기려는 성향이 강해."

즉, 한 고아원에서 그냥 세 사람을 뽑는 게 보통이지, 세 곳을 돌아다니면서 한 명씩 뽑아 오는 경우는 드물다는 것이다.

"물론 이들이 자동차 정비 기술에 천재적인 능력이 있다면 이야기가 달라지겠지만."

하지만 자동차 수리라고는 접해 본 적이 없는 그들이 선택되었으니 재능은 고려 대상이 아니라는 뜻이다.

"결국 그들의 종속적 성향을 보고 뽑은 거네."

"그래."

노형진은 그 말을 하면서 눈을 찌푸렸다.

모든 것을 계획적으로 움직이고 통제하려고 하는 범인의 성향을 보면 그건 틀림없는 말이다.

"그러면 어쩌지? 이들을 신고해?"

"신고라…… 그게 참……."

노형진이 말을 하지 못하자 손채림은 고개를 갸웃했다.

"왜?"

"증거가 없잖아."

"아……."

이 사건에서 증거는 전혀 보이지 않는다.

정확하게는 정황상의 증거일 뿐, 진짜 범죄자를 특정하는 증거는 없다.

결과적으로 신고한다고 해도 제대로 처벌받을 가능성은 없다.

"김규호의 성향을 생각한다면 증거는 없을 거야. 사건도 처음은 아니겠고."

"처음은 아닐 거라고?"

"고작 한 명 죽이려고 세 사람을 찾아다닐까?"

손채림의 얼굴이 딱딱하게 굳었다.

생각해 보면 당연한 말이었다.

고작 한 명 죽이겠다고 종속적인 성향의 인간 세 명을 찾아다니면서 키우지는 않았을 것이다.

"설마 다른 사건도 있을 거라는 거야?"

"신도 수가 30만이야. 그 안에서 몇 명 자살한다고 해서 누가 의심하겠어?"

"으음……."

"거기에다가 이런 사건은 입증이 힘들거든."

자신들이 가지고 있는 정보라고는 인쇄된 사진들뿐이다. 그걸로 범인을 특정할 수는 없다.

"전화번호도 대포폰이었어. 아마도 한번 사용하고 나면 버리겠지."

자살 사건마다 동일한 번호가 등장하면 의심스러운 것은 당연한 일이니까.

"아마도 특정적으로 김규호가 범인이라는 증거는 없을 거야."

그건 확실하다.

상대방을 자살로 몰아가는 타입인 만큼 물리적 증거가 있을 리 없다. 녹음 같은 게 있으면 좋겠지만.

'하지만 녹음 기록은 없다.'

아마도 가장 먼저 하는 협박 중 하나일 것이다.

네가 죽더라도, 녹음 기록 같은 게 남아 있다면 가족을 모조리 죽이겠다.

"그리고 내가 김규호라면 목소리를 변성시켜서 통화하겠어, 설사 녹음이 있다고 해도 그걸 자신에게 특정할 수 없게."

"목소리 변성?"

"그런 장비는 비싼 것도 아니고, 이도 저도 안 되면 헬륨 가스만 마셔도 목소리가 변성되니까."

"아……."

헬륨 가스를 마시고 고의적으로 목소리를 변성한다는 느낌으로 성대를 뒤틀어서 말하면 원래 목소리를 확인하기 어려워진다.

"몇 년이나 종범이 될 녀석들을 찾아다니는 놈이 목소리를 남기는 사소한 실수를 할 리가 없잖아."

"그러면 어쩌지?"

의심은 가는데 상대방에게 손끝 하나 댈 수 없는 상황.

"그러면……."

노형진은 고민하다가 고개를 들었다.

"계획은 완벽하지. 하지만 인간은 완벽하지 않아."

"응?"

"기본적으로 이러한 시스템의 약점은……."

노형진은 물끄러미 세 사람의 사진을 바라보았다.

"인간이야."

그의 머릿속에 한 가지 작전이 떠오르고 있었다.

⚖

"주인요?"

"네, 우리가 주인이 되는 겁니다."

노형진의 작전에 김소라는 입을 쩍 벌렸다.

"진짜로요?"

"네. 어차피 우리에게 물리적 증거는 없어요. 신고한다고 해도, 이미 자살로 판명된 사건입니다. 한두 건도 아닐 테고요. 그걸 경찰이 조사해 줄 거라는 기대는 해서도 안 됩니다."

결국 남은 것은 범인의 자백뿐이다.

물론 김규호는 죽으면 죽었지 자백을 할 인간은 아니다.

하지만 세 사람은 아니다.

노형진이 노리는 것. 그건 김규호가 아니라 종범인 세 사람이었다.

"김규호는 자신이 모든 것을 통제하고 있다고 생각하고 있지요. 그건 사실이고요. 하지만 한 가지 간과한 게 있어요."

종속적 인간은 주인에게 충성하는 타입이 아니라는 것.

"자신보다 더 강한 주인에게 종속되는 거죠. 자의에 의해 누군가를 선택하는 게 아니라."

"그건 그래요."

그래서 그를 굴복시키고 이용해 먹기는 편하다.

하지만 그를 믿을 수는 없다.

"그런 타입은 기존에 데리고 있던 인간보다 더 강한 타입의 인간이 나타나면 그쪽에 기대는 성향이 있지요. 안 그런가요?"

"맞아요. 정확하게는, 기존의 존재와 단절되면 상당한 정신적 혼란을 일으키게 되죠. 그때 쥐고 흔들면 이쪽으로 통제권을 가지고 올 수 있어요."

그렇게 말하던 김소라는 곧 노형진이 노리는 게 뭔지 알아차렸다.

"자수시키려고 하는 거군요."

"네."

세 사람이 자수하면 김규호는 어쩔 수 없이 딸려 들어갈 수밖에 없다.

"현재로서는 방법은 이것뿐이네요."

"확실히…… 그러네요."

김소라도 인정할 수밖에 없었다.

현재 상황에서 가장 효과적인 방법은 그들을 공략하는 것뿐이라는 것을 말이다.

'내가 경찰이었으니까.'

경찰로서 그들의 성향을 누구보다 잘 안다.

그리고 그들은 이런 의심 때문에 수사하는 사람들이 아니다. 더군다나 누가 봐도 자살인 사건을 말이다.

'검찰에 넘긴다고 해도 마찬가지.'

결국 검찰에 넘겨도 수사 자체는 경찰로 넘어오니까.

이걸 재수사해서 '이게 원래는 살인 사건입니다.'라고 인정한다는 것 자체가 자기들 스스로 '우리는 무능합니다.'라고 인정하는 꼴이니 재수사하게 된다고 해도 제대로 할 리 없다.

더군다나 증거도 없으니 결론은 뻔한 일.

"하지만 어떤 식으로?"

문제는 그것이다.

그들은 철저하게 김규호의 통제하에 관리되고 있다.

김규호가 바보가 아닌 이상에야 그들을 놔줄 리 없다. 자신의 가장 충실한 수족임과 동시에 가장 큰 약점이니까.

차라리 죽였으면 죽였지 놔주지는 않을 것이다.

"방법은 하나뿐이지요."

"설마……?"

노형진이 씁쓸하게 웃자 김소라와 손채림은 흠칫, 얼굴을 굳혔다.

"어쩌겠습니까? 누군가는 손에 똥칠해야지."

⚖️

안필영은 두 친구와 함께 회사에서 퇴근하고 있었다.

"힘들다."

"얼른 집에 가서 쉬고 싶다."

온몸은 피곤으로 휘청거릴 지경이었지만 숙소는 너무나 멀기만 했다.

공장 근처는 의외로 숙소가 비싸다.

그럴 수밖에 없는 게, 그곳은 공장들이 밀집한 지역이다. 당연히 잘 수 있는 숙소는 적은 반면 그곳으로 출퇴근하려고 하는 사람은 많다.

그래서 집세가 비싼 김규호가 얻어 준 숙소는 거리가 좀 있었다.

"가서 치킨이라도 뜯고 싶다."

"나 치킨 살 돈 없어. 넌 있어?"

"나? 우우우…… 나도 5천 원뿐이야."

세 사람은 주섬주섬 돈을 모아 봤지만 나오는 돈은 1만 5천 원뿐이었다.

이걸로는 요즘 2만 원씩 하는 치킨은 사 먹지도 못한다.

"쩝."

"아깝네."

무골호인 소리를 듣는 김규호다.

고아 출신인 이 세 사람을 데려다가 기술을 가르쳐 주고 있다고는 하지만, 절대 손해 보진 않는다. 그만큼 박봉으로 부려 먹고 있으니까.

주변에서는 싼 가격에 잘 수리해 준다고 칭찬하지만, 사업에서 싼 가격이라는 건 없다.

그가 덜 버는 만큼 누군가는 포기해야 하는데, 이들 세 명이 그 희생양이었다.

하지만 그들은 김규호를 떠날 생각이 눈곱만큼도 없었다.

이것이 법이다

적어도 지금까지는.

"어?"

골목으로 들어가는 순간, 무심하게 옆을 스쳐 지나가던 세 사람이 갑자기 방향을 돌려서 그들의 등 뒤에 바짝 붙었다. 그리고 뭔가로 등을 쿡 찔렀다.

"앞으로 쭉 나가."

등에 붙은 남자의 말에 소름이 돋았지만 뭔가 찌르는 느낌이 그의 말을 거부하지 못하게 만들었다.

날카롭고 서늘한 느낌. 옷을 뚫고 들어오는 그 차가운 무언가.

"어어어……."

"소리 질러 봐. 그러면 너희 모가지부터 따고 튄다. 여기 카메라 없는 거 알지?"

"……."

"내가 찌르고 튀는 게 빠를까, 동네 사람들이 비명을 듣고 나와서 너희를 도와주는 게 빠를까?"

"……."

"앞으로 가."

그들은 주춤주춤 앞으로 가면서 주변을 둘러봤다.

하지만 늦은 시간이라 불이 켜진 집은 얼마 없었다.

설사 있다고 한들, 남자 세 명이 비명을 지르면서 쓰러지는데 튀어나와서 이 세 사람을 잡으려고 할까?

노예근성 193

"옳지, 앞으로 가. 천천히, 천천히, 자연스럽게."

마지못해 움직이는 그들의 앞에 나타난 것은 한 대의 오래된 버스였다.

그걸 보고 침을 꿀꺽 삼키는 세 사람.

하지만 등에서 느껴지는 서늘함에 어쩔 수 없이 버스 안으로 들어갔고, 들어서기 무섭게 검은색 두건이 뒤집어씌워졌다.

"떨어트려."

차가운 목소리.

커다란 버스였기 때문에 상당한 거리를 두고 세 사람을 강제로 앉혀 두는 것이 어렵지 않았다.

이윽고 버스는 천천히 앞으로 달려 나가기 시작했다.

그리고 바로 그 모습을 뒤에서 노형진이 보고 있었다.

"이래도 될까?"

"원래는 안 되는 거지."

"그런데……."

"놔두면 얼마나 더 많이 죽을지 모르잖아. 이런 범죄자들은 합법적으로는 쉽게 안 잡혀."

"하아……."

미국에서도 제일 처리하기 어려운 게 이런 타입이다.

절대 앞에 나서지도 않고, 흔적을 남기지도 않는다. 게다가 직접적으로 죽이지도 않는다.

피해자가 신고하면 좋겠지만, 그러지 못하는 사람들이 생각보다 많다.

"자살자가 벌써 쉰 명이 넘는다면서?"

"그래."

손채림은 혹시나 하는 마음에 해당 교회에서 자살자들을 찾았다.

그런데 자살자가 무려 쉰 명이나 되었다.

30만 명이 다니는 교회에서 자살자가 쉰 명이라고 하면 많은 것 같지 않다.

대부분 힘들고 어려운 순간에 죽었기 때문에 사람들은 그저 단순 자살이라고 생각하고 있고 말이다.

"그게 지난 5년간의 기록이야. 그러면 그 이전은 어떨까?"

물론 그중에는 진짜 자살자들도 있을 것이다.

"절대 걸리지 않는 연쇄살인범이구나."

"그래. 범죄자들은 불법을 저질러. 그러니 합법으로는 그들을 잡는 데에는 한계가 있어. 저쪽은 불법적인 모든 것을 하는데 합법적으로 추적하려면 얼마나 힘든지."

"끄응……."

저들을 잡기 위해서는 저들을 추적하면서 만나는 사람을 체크하고 멀리서 감청하는 등 별짓을 다 해야 한다.

하지만 한국 경찰에게는 그런 방식의 수사가 없다.

'아니, 있기는 하지.'

노형진은 씁쓸한 생각이 들었다.

있기는 하다.

하지만 그 장비들은 지금쯤 범죄자가 아닌, 정치적인 희생 자들을 만들기 위해 동원되고 있으리라.

"하지만 나중에 신고하면 어쩌려고?"

"신고?"

노형진은 피식 웃었다.

"저들은 노예근성을 가지고 있어. 주인에게 충성을 바치지."

"그래서?"

"그런데 왜 나를 신고하겠어?"

"이해가 안 된다."

손채림은 전혀 이해가 안 된다는 듯 고개를 흔들었다.

자신 같으면 풀려나는 즉시 신고부터 할 텐데 말이다.

"개가 신고하는 거 봤어?"

"어? 에이, 그렇게까지……."

"사람들은 다 성향이 다르지. 그리고 저런 타입은 절대 신고하지 않아. 정상적인 사람이었다면 벌써 김규호를 신고했을 거야."

"아……."

손채림은 아차 싶었다.

정상적인 인간이었다면 김규호를 신고하고도 남았을 시간이었다. 당장 월급만 해도 최저임금 이하로 주고 있지 않은가?

"하지만 신고하지 않았지."

"그러네."

결국 정신적으로 예속된 사람들은 배신하지 못한다.

"최소한 더 강한 주인이 나타나기 전까지는 말이지."

노형진의 눈이 차갑게 빛나기 시작했다.

⚖

버스는 오랜 시간을 달렸다. 어쩌면 스물네 시간 이상 달렸는지도 모른다.

물론 한국이 그렇게 큰 땅은 아니다.

그들이 어디로 끌려가는지 감도 잡지 못하게 하기 위해, 그리고 공포감으로 지치게 만들기 위해 계속 뱅뱅 돈 것뿐이다.

그렇게 달린 끝에 그들이 내린 곳은 철저하게 구분된 시멘트로 만들어진 방이었다.

있는 것이라고는 구석에 있는 침낭 하나와 천장에 붙어 있는 등불 하나.

"으으으……."

안필영은 주변을 둘러봤다.

끌려오면서 옷이 모조리 벗겨져 남은 거라고는 팬티 하나뿐이다.

거기에다 난방도 되지 않는 차디찬 방 안.

그 안에 있는 것이라고는 침낭 하나뿐이었다.

"으으으……."

안필영은 후다닥 침낭 안으로 뛰어들어 갔다.

한 걸음 한 걸음 움직일 때마다 발바닥을 통해 냉기가 올라오는 느낌이었다.

"으으으……."

침낭 안에 들어가니 얼어 죽지는 않을 정도의 온도가 되었지만, 그는 지금 상황이 이해가 가지 않았다.

자신들이 왜 끌려왔는지, 왜 이런 꼴을 당하는지 누구도 말하지 않았다.

"젠장…… 지금 어쩌라는 거야."

공포에 겁먹은 안필영은 주변을 둘러봤다.

화장실 대용으로 쓸 만한 플라스틱 통 하나가 보였다.

그나마 다행인 것은, 거기에 뚜껑이 있어서 덮어 둘 수 있다는 정도?

드르륵!

그 순간 문의 아래쪽에 달려 있는 쪽문이 열렸다.

그리고 엄청난 양의 종이와 풀이 안으로 들어왔다.

"이봐요! 저기요!"

왜 그걸 주는지 그는 이해가 가지 않았다.

하지만 바깥에서는 변조된 목소리의 차가운 말만이 들려왔다.

"붙여라. 다 붙이면 그다음에는 대가를 주도록 하지."

그제야 안필영은 그 종이가 봉투라는 것을 알았다.

그러니까 풀을 이용해서 봉투를 붙이라는 것이었다.

"으으으……."

그는 추위에 떨면서 그걸 어떻게 해야 하나 고민했다.

그 순간 그의 눈에 들어온 것은 봉투 아래에 있는 작은 주머니였다.

"이건?"

핫 팩이었다.

열원이라고는 하나도 없는 밀폐된 공간, 오로지 자신의 체열만으로 버텨야 하는 추운 공간에서 핫 팩은 소중한 물건이었다.

"으으……."

안필영은 황급하게 핫 팩을 흔들어서 침낭 안으로 밀어 넣었다. 그리고 그 열을 느꼈다.

"일을 하면…… 보상을 준다는 건가?"

고개를 돌리니 봉투와 풀이 보였다.

어렵지 않은 일.

"후우……."

이대로는 어쩔 수 없는 상황인지라 그는 그걸 자신의 침낭 앞으로 끌어왔다. 그리고 천천히 두 손을 침낭 바깥으로 내밀어 그걸 붙이기 시작했다.

"이게 효과가 있을까?"

손채림은 우려가 섞인 얼굴로 말했다.

화면에서는 열심히 일하는 세 사람의 모습이 보이고 있었다.

지난 며칠간 그들은 봉투를 붙이고 그에 대한 대가를 받았다.

처음에 주어진 건 핫 팩. 그다음에는 옷이 들어갔고, 그 이후에는 식량이 들어갔다.

물론 버틴다고 안 한 적도 있지만, 점심시간이 되어도 밥이 들어가지 않자 그들은 이게 무슨 의미인지 알아차리고는 채 세 시간도 버티지 못하고 다시 봉투에 풀칠을 했다.

"일을 해 준 대가만큼 보상이 주어진다. 그게 기본이지."

"무슨 기본?"

"길들이기 위한."

손채림은 눈을 살짝 찡그렸다.

하지만 부정할 수는 없었다.

실제로도 먹는 게 사람을 통제하는 가장 확실한 방법이니까.

"실제로도 효과는 있어. 봐 봐."

처음에 왔을 때와는 다르다. 세 사람은 열심히 일하고 있었다.

"격리된 공간과 전 주인과의 거리감. 그 후에 주어지는 임무와 그에 대한 확실한 보상."

"이건 완전 개같아."

손채림은 씁쓸하게 말했다.

"비슷하기는 하지. 하지만 확실하게 효과는 있잖아."

노형진을 대신해서 그들과 접촉하는 남자는 노형진의 말대로 그들에게 무척이나 잘해 줬다.

보상 말고도 간간이 간식도 넣어 줬고, 또 그들이 필요하다고 하면 책 같은 것도 줬다.

"확실한 관계 설정이지."

분명히 갇혀 있는 상황임에도 불구하고 그들은 지금 상황에 그다지 불만이 없어 보였다.

심지어 자신을 가둬 둔 사람에게 상당히 친밀한 이야기까지 하기 시작했다.

"보통은 적개심을 보이지 않아?"

"그게 정상이지. 하지만 데려올 때 이후에 어떠한 해코지도 없었어. 사실 지금까지 김규호에게 갈취당한 것보다 지금이 더 편할걸."

"그렇기는 하지."

밀폐된 공간에 있다는 것 빼고, 먹고 마시는 일에서는 훨씬 편하고 공정하다.

"하나씩 각인시키는 거야, 일을 하면 보상이 따른다는 것을."

"그런데 상대방을 믿는다고 해서 죄를 고발하는 건 아니잖아?"

"그건 아니지. 하지만 이제 슬슬 그 규모가 커지면 이야기는 달라져."

"규모가 커진다고?"

$$\text{⚖}$$

"으음……."

안필영은 자신에게 주어진 종이를 보고 신음을 흘렸다.

거기에는 김규호의 범죄 사실을 적으라는 문제가 적혀 있었다.

"이건……."

답을 쓰면 확실한 보답을 받을 수 있다는 말과 함께.

지금까지와는 다른 '확실한' 보답.

"하지만……."

김규호의 범죄 사실을 적어 내면 그건 자신의 죄도 인정하는 셈이 된다.

"하지만……."

물론 그걸 인정하는 것은 쉽지 않다.

사실 평소라면 그냥 넘어갔을 것이다.

하지만 그 옆에 놓인 새로운 숙소의 사진을 보면서, 안필영은 고민할 수밖에 없었다.

지금처럼 밀폐된 공간이 아니다.

물론 기본적으로 밀폐된 공간이기는 하지만 창문도 있고,

샤워도 할 수 있는 샤워실 겸 화장실도 딸려 있었다. 심지어
는 텔레비전까지 있다.

그야말로 지금과는 비교도 할 수 없는 시설.

"후우……."

안필영은 고민을 했다.

하지만 그 고민은 짧았다.

"어차피 바뀌는 건 없으니까."

여기서 이야기하지 않으면 처음의 그 순간으로 돌아갈지
도 모른다는 두려움.

거기에다 이제는 주인으로 보이지 않는 안필영.

그에 반해 자신에게 확실한 보상을 지급하는 새로운 주인.

"어차피 뭘 선택해도 마찬가지라면……."

그는 볼펜을 들어서 글을 쓰기 시작했다.

⚖️

"상상 이상이군요."

김소라는 그들이 적은 종이를 보면서 심각한 얼굴이 되었다.

"서른다섯 명이나 자살시켰을 줄이야."

한두 명도 아니고, 무려 서른다섯 명이나 자살시켰다.

그들을 감시하고 협박하는 일을 한 세 사람은 어쩔 수 없
었다고 변명했지만 결론은 바뀌지 않는다.

"이름은 확인해 봤습니까?"

"네, 확인해 봤어요. 교회에서 자살한 사람들이 맞아요."

손채림이 확언하자 김소라는 깊은 한숨을 내쉬었다.

"무섭군요."

"한국에는 이런 수사 체계가 없으니까요."

노형진 역시 생각보다 많은 사망자의 숫자에 말문이 막히는 기분이었다.

"사실 이런 계획은 전 마음에 들지 않았습니다. 어찌 되었건 불법이니까요. 하지만……."

김소라는 인정할 수밖에 없었다.

이번 계획이 아니었다면 이런 범죄는 절대 드러나지 않았을 것이다.

'그가 범죄를 저지른 시간을 생각하면…….'

어쩌면 그의 숨이 다할 때까지 앞으로 백 단위, 아니 이백 단위가 넘는 사람들을 죽일 수도 있는 일이었다.

"이 정보를 얻은 건 좋지만 이걸 증거로 내놓을 수는 없습니다. 아시죠?"

"압니다."

이걸 얻은 건 그들을 가둬 둔 상황에서다.

증거로 내놓으면 자신들이 처벌받을 뿐 아니라, 제대로 된 증거로 인정받지도 못한다.

그들의 심리 상태와는 별개로 변호사들 입장에서는 불법

적인 감금으로 얻은 증거라 효력이 없다고 주장할 수 있기 때문이다.

"이건 진짜로 증거로 내놓으려고 만든 게 아닙니다. 정보 수집도 목적이지만, 배신을 준비하는 거죠."

"역시나."

김소라도 예상한 듯 고개를 끄덕거렸다.

"거리를 두는 것과 심적으로 배신하는 것은 전혀 다르니까요."

아무리 그들이 새로운 사람을 받아들이고 있다고 하지만, 그렇다고 해서 기존 사람을 배신하는 게 쉬운 일은 아니다.

아마 지금 가서 증언하라고 한다면 그들은 극렬하게 저항할 것이다.

"하지만 이미 배신은 했지요."

"배신이라고 하기는 애매하지 않아?"

손채림은 고개를 갸웃했다.

고작 효과도 없는 종이에 죄목을 쓴 것뿐이니 확실히 배신이라고 하기는 좀 애매하다.

"하지만 심적으로는 그의 죄를 누군가에게 알려 줬지. 즉, 지금까지는 신체적으로 김규호와 단절되어 있다면 이번에는 심적으로 단절된 거지. 이런 말이 있잖아, 원래 처음은 어렵다."

"아! 하긴, 부자들이 공무원들을 길들일 때 많이 쓰는 방법이네."

"그렇지."

부자들이 처음부터 수억씩 뇌물을 준다면, 과연 공무원들이 그걸 넙죽 받을까?

의외로 그런 경우는 드물다.

뇌물의 액수가 크다는 것은 그 이후의 반동도 크다는 의미이기 때문이다.

그래서 그런 뇌물을 주려고 하면 안 받거나, 심한 경우 고발해 버린다.

"하지만 아주 작은 금액에서부터 시작하면 잘 모르지."

처음에는 사과 한 박스 정도, 또는 건강식품 하나 정도에서 시작되면서 금액을 늘려 나가면 상대방은 그에 익숙해지면서 점점 간이 커진다.

"원래 개구리는 찬물에서 천천히 물을 끓여서 가면 거기서 죽는 줄도 모르고 가만있는다고 하죠."

김소라는 씁쓸하게 말했다.

"종이에 쓴 건 아무런 효과도 없지만 확실히 심리적으로는 배신한 상황이에요. 그러면 이제는 그걸 가속시키는 것만 남았네요."

그리고 그때가 김규호가 파멸하는 순간일 것이다.

"그리고 지금쯤이면 슬슬 김규호가 실수할 때이기도 하지요, 후후후."

노형진은 핸드폰으로 날짜를 보면서 미소 지었다.

"젠장!"

김규호는 요즘 들어 심리적으로 불안정해질 수밖에 없었다.

자신이 애써 키운 세 놈이 사라졌다. 한순간 사라져서 어디로 갔는지 나타나지 않는다.

자신의 구해 준 숙소도, 주변도 아무리 찾아봐도 그들은 보이지 않았다.

"염병할! 배신한 건가?"

그럴 가능성은 낮아 보인다.

하지만 한꺼번에 세 놈이 다 사라졌다? 그건 정상적인 상황은 아니다.

"사장님."

"뭐야!"

문을 열고 들어오던 비서는 그의 말에 움찔했다.

그리고 김규호는 순간 아차 싶었다.

방금 그가 보여 준 모습은 무골호인 김규호가 아닌 살인마 김규호의 모습이었다.

살기가 넘치는 그런 모습 말이다.

그래서 그런지 비서는 바짝 얼어붙어 있었다.

"미안해, 김 비서. 내가 세 사람 걱정 때문에 좀……. 알지?"

"아, 네……."

갑자기 사라진 세 사람에 대해 알고 있던 비서는 애써 납득하면서 고개를 끄덕거렸다.

하지만 자신을 노려보던 사장의 살기 어린 눈빛은 왠지 머릿속에서 떠나지 않았다.

"저기, 우편물이 왔는데요."

"우편물?"

"네. 그런데 사장님 개인 우편물이라서요."

"개인 우편물?"

봉투를 받아 든 김규호는 고개를 갸웃했다.

처음 보는 주소다.

"뭐지? 이름도 처음 보는 사람인데."

정확하게는 익숙한 이름이지만, 있을 수 없는 이름이다.

홍길동이라니.

"알았어. 나가 봐."

비서를 내보낸 김규호는 봉투를 열고 내용물을 확인했다.

그리고 얼굴이 딱딱하게 굳었다.

"이건……."

자신이 죽인 사람들, 자신과 실종된 세 녀석이 저질렀던 범죄가 낱낱이 나열된 종이.

그리고 그 아래에 있는 인쇄된 종이 한 장.

네가 저지른 모든 죄를 알고 있다. 현금으로 30억을 주지 않으면 신고하겠다.

'이런 개…….'

김규호는 그걸 보고 입술을 깨물었다.

누군지 모르지만 세 놈과 손잡고 자신을 협박하는 것이라는 사실을 알 수 있었기 때문이다.

'어떻게?'

그들은 철저하게 자신에게 복종하도록 해 놨다.

그런데 어떻게 자신을 배신하게 만들었단 말인가?

'조작? 아니야, 그럴 리 없어.'

일단 이 모든 일을 아는 사람은 그들뿐이다.

거기에다 누가 봐도 이 글씨체는 그들의 것이다.

그러니 그들이 배신했다는 것은 확실하다.

'30억.'

터무니없는 말이다.

30억이면 자신의 전 재산이다.

공장과 공장 부지까지 모조리 팔아야 구할 수 있는 돈이다.

그런데 그 돈을 요구한다?

물론 살인이 드러나면 다 잃을 돈이기는 하지만…….

'웃기지 말라고 해.'

김규호는 입술을 깨물면서 편지를 무서운 눈빛으로 바라

보았다.

⚖️

"어떻게 여기까지 온 거지?"

버스에서 내리는 김규호를 보면서 손채림은 혀를 내둘렀다.

노형진이 김규호가 올 거라는 말을 하기는 했지만 진짜로 찾아올 줄은 몰랐기 때문이다.

"편지 때문이지요."

"하지만 거기에 적혀 있는 주소는 가짜였잖아요?"

완전히 엉뚱한 주소를 찍어서 보냈는데 찾아오다니.

김소라는 씩 웃었다.

"그건 그렇지요. 하지만 요즘은 우편을 전자로 보내잖아요."

"전자?"

"네. 그래서 주소가 거기가 아니라고 하더라도, 그걸 추적하는 건 어렵지 않아요."

우표를 붙이는 것도 방법이지만, 우체국에 가서 직접 보내면 우표 대신에 전자로 출력된 증지를 붙인다.

그러니 그걸 추적하면 어디서 보냈는지 알아내는 것은 아주 쉽다.

"헐."

"요즘은 우편을 잘 안 쓰니까 사람들이 잘 모르지만요. 우표를 쓰던 시절하고는 많이 바뀌었지요."

"그래서……."

노형진이 굳이 우편으로 보내기 위해 시내로 나갔다는 사실을 기억해 낸 손채림은 고개를 흔들었다.

"당연하다면 당연한 거네요. 저런 지능형 범죄자가 그걸 추적하지 못할 리 없으니까."

"그러니까요."

더군다나 이런 타입의 범죄자는 종범, 그러니까 종속형 범죄자를 상당히 깔보는 성향이 강하다.

그래서 이런 게 함정이라는 것도 생각하지 못하는 경우가 많다.

"하지만 이곳에서 사람들이 세 사람이 있는 걸 알아볼 수는 없잖아요?"

한국이 좁은 땅이라고 하지만 그래도 인구가 많다.

아니, 그래서 더 사람을 찾는 게 힘들다.

우체국이 있을 정도라면 최소한 읍내라고 불리는 수준인데, 그런 곳에서 세 사람을 찾는다는 것은 진짜 하늘의 별 따기나 마찬가지이기 때문이다.

"그러니까 협박장이 필요한 거예요."

"협박장요?"

"범죄자의 성향은 범죄자가 아는 법이니까요."

실제로 김규호가 물어보고 다니는 건 세 사람이 아니라 세 사람이 있을 만한 곳, 그러니까 시내에서 좀 떨어진 별장 같은 곳이었다.

"그리고 사람들 중 누군가는 그런 곳을 알기 마련이지요."

김소라는 씩 웃으면서 핸드폰을 들었다.

"미끼를 물었어요. 곧 그곳으로 갈 것 같네요. 후후후."

"나가도 된다고?"

활짝 열린 문을 보면서 안필영은 침을 꿀꺽 삼켰다. 그리고 조심스럽게 바깥으로 나갔다.

주인이 되는 사람은, 이제 서로가 믿을 수 있다면서 바깥으로 나가도 된다고 했다.

그리고 신나게 놀라면서 무려 100만 원이나 되는 돈을 줬다.

무려 '용돈'이라면서 말이다.

즉, 월급에서 까는 게 아니라, 말 그대로 거저 주는 돈.

'전에 놈이랑 엄청 비교되잖아.'

딱 입에 풀칠할 만큼만 주던 김규호와 다르게 이번 주인은 엄청나게 잘해 줬다.

초반의 만남이 약간 안 좋기는 했지만, 지금은 그때보다 훨씬 행복했다.

당장 무너질 것 같은 빌라가 아니라 개개인에게 주어진 원

룸은 그의 삶을 보장했고, 넉넉한 삶은 그의 마음을 안정시켰다.

"어."

밖으로 나온 안필영이 만난 것은 다름 아닌 같이 끌려왔던 두 사람이었다.

"너희들은……."

"……."

잠깐의 침묵이 흘렀다.

하지만 누구도 돌아가자고 하거나 김규호에 대한 얘기를 꺼내지 않았다.

"너희도 돈 받았냐?"

"그래."

"그러면……."

잠깐 고민하던 그들의 눈에 바닥을 나뒹구는 종이가 보였다.

'러시아 아가씨들의 화끈한 쇼'라고 적혀 있는 종이가 사방을 굴러다니고 있었다.

그걸 본 세 사람의 눈에 불이 켜졌다.

"갈래?"

서로 간의 눈빛의 교차는 짧았다. 하지만 그들은 모두가 같은 마음이었다.

그동안 아무것도 없는 곳에서 쌓일 대로 쌓인 성욕.

그 감금된 방에는 심지어 야동 하나 없었다. 받고 싶었어도 인터넷이 안 되니 그럴 수도 없었다.

"가 보자."

"그래."

서로 마음을 나눈 그들은 미소를 지으면서 전단지에 적혀 있는 곳으로 향했다.

그들은 이런 시골에 왜 이런 전단지가 뿌려져 있는지 전혀 생각하지 못했다. 그저 당장 여자를 품에 안고 싶을 뿐이었다.

그런데 그 주소지에 도착했을 때, 그들은 전혀 예상하지 못하던 사람을 만났다.

"사……장님……."

김규호는 무서운 눈빛으로 세 사람을 노려보았다.

이쪽에 뜨내기들이 많다는 소리는 들었다.

사실 외부에서 들어온 사람, 특히나 단기간 머무르는 사람들은 이곳 말고는 있을 곳이 없다고 했다.

'사실 함정이지만.'

노형진은 피식 웃으면서 망원경으로 그들의 만남을 바라보고 있었다.

애초에 그들의 숙소는 여기가 아니다.

하지만 사람들이 여기를 이야기해 준 이유는, 여기가 모텔촌이기 때문이다.

그리고 이런 모텔촌에는 뜨내기들을 위한 유흥 주점이 많다. 노형진은 그 유흥 주점 중 한 곳의 전단지를 가져다가 뿌려 둔 것이고 말이다.

당연히 그들이 만날 수밖에 없는 구조였다.

"이 개새끼들."

김규호는 무서운 눈빛으로 그들을 노려보며 주먹을 꽉 쥐었다.

'으으으……'

안필영은 공포에 떨었다.

사람을 협박하면서 즐거운 미소를 흘리던 주인의 모습이 기억났다.

그리고 자신을 배신하면 죽여 버린다고 하던 그의 말도.

"사, 사장님…… 이게…… 그러니까, 저희는 배신한 게 아니라……."

다른 사람도 다급하게 말을 꺼냈다.

이대로는 자신들에게 피해가 올 거라는 두려움 때문이었다.

"입 닥쳐!"

하지만 김규호는 그들의 말을 들을 생각이 없었다.

'너무 많이 알아.'

그도 안다. 그 종이는 신고해 봐야 의미가 없다.

하지만 이 세 사람은 아니다.

더군다나 죄는 이미 새어 나갔다.

그렇다면 방법은 하나뿐.

"따라와."

"……."

그들은 눈을 데굴데굴 굴렸다.

하지만 몸은 마치 마법처럼 김규호를 따라서 어디론가 향하고 있었다.

"역시나 그 짧은 시간 내에 김규호의 그림자를 완전히 떨쳐 낼 수는 없었나 보네."

다른 망원경으로 그들을 바라보던 손채림이 혀를 끌끌 찼다.

"그렇겠지. 그런 게 그렇게 쉬웠으면 벌써 도망갔게?"

"우리 쪽도 상당히 포섭했다고 생각했는데."

"지금은 없잖아."

"없다고?"

"저들도 인간이야. 자리에 없으면 나라님도 욕한다는 말이 괜히 생긴 게 아니고."

"아……."

당장 김규호를 만났으니 지금은 그의 통제력이 더 강할 수밖에 없다. 새로운 주인은 이 자리에 없으니까.

"결국 그들은 김규호의 말을 거부할 수가 없지. 뭐, 거부한다면 그것도 그것대로 문제지만."

노형진은 어깨를 으쓱했다.

그리고 그들이 가는 방향을 뚫어지게 바라보았다.

"이제 피날레를 장식해 보자고. 과연 누가 이기는지 말이야."

"이 개새끼들."

"사장님…… 이건 그러니까……."

"저희도 그동안 납치되어서 감금되어 있었어요!"

"진짜예요!"

그들은 애써 변명하려고 했다.

하지만 김규호는 그 말을 믿지 않았다.

아니, 믿을 수가 없었다. 못 본 사이에 신수가 훤해졌기 때문이다.

살이 찌고, 피로해 보이지도 않고, 심지어 옷도 좋은 것을 입고 있다.

누가 감금해서 정보를 캐냈다고 믿어 주기에는, 이놈들의 꼴이 너무 멀쩡하다.

그리고 어떤 멍청한 놈이 감금한 놈을 풀어 주고 여자가 있는 술집에 자기들끼리 가게 하겠는가?

"이 개자식들, 인생을 구해 줬더니 뒤통수를 쳐?"

"그게 아니라……."

일전에 김규호에 대해 적어 낸 종이가 그에게 갔다는 사실은 상상도 못 하는 세 사람은, 지금 김규호가 단순히 도망간 것 때문에 화가 난 거라고 생각했다.

그래서 사정을 잘 이야기하면 분명히 용서할 거라 믿었다.

하지만 다음 순간, 그들은 그런 생각을 버릴 수밖에 없었다.

"사, 사장님."

김규호의 뒤쪽에서 모습을 드러내는 커다란 회칼.

그걸 본 세 사람은 침을 꿀꺽 삼켰다.

"내가 직접 손을 더럽히는 것을 선호하는 타입은 아니지
만……."

김규호는 바짝 얼어붙은 세 사람을 바라보며 천천히 칼을
치켜들었다.

"네놈들이 먼저 날 배신했으니 각오는 했겠지?"

"사, 사장님……."

세 사람은 잔뜩 얼어붙은 채 어쩔 줄 몰라 했다.

그 모습을 지켜보던 손채림은 실로 어이가 없었다.

"바보 아냐? 자기들은 세 명이고 저쪽은 한 명이잖아? 같
이 덤벼들어도 이기겠다."

"하지만 이미 심리적으로 종속된 대상이야 노예들이 왜 몇
안 되는 관리자들에게 대항하지 못하겠어? 심리적으로 종속
되면 저항이라는 게 쉽지 않아서야."

"그거야 이해는 하는데, 저건 너무 위험한 거 아냐?"

회칼을 들고 노려보는 김규호의 눈빛은 보통이 아니었다.

직접 손을 쓰지 않았다 뿐이지, 그는 명백하게 연쇄살인범.

그러니 세 사람을 죽이는 데 아무런 주저함도 없을 게 뻔
했다.

이것이 법이다

"알아. 그리고 그걸 위해 내가 지금까지 시간을 끈 거야."

"시간을 끌었다고?"

"그래. 김규호에 대해 진술한다는 것, 그건 단순히 배신을 넘어서 그에게 저항한다는 거야. 하지만 글을 적는 수준의 배신도 그렇게 힘들어하던 저들이 저항하는 게 과연 가능할까?"

"그래서 목숨을 위험하게 해서 저항하게 하겠다는 거야?"

"일부는."

"일부?"

"그래. 그것만 가지고는 저런 타입은 저항하지 못해. 아, 저기 올라가네."

그 순간 저 아래에서 한 사람이 김규호 일행을 향해 달려가면서 소리를 지르기 시작했다.

"뭐 해, 이 새끼들아! 그 새끼 잡아! 도망치지 못하게 막아! 아니, 피하고 있어, 이 새끼들아!"

"네?"

"뭐?"

김규호는 산 아래에서 달려오는 남자를 보고 움찔했다.

'저 새끼가 그놈인가?'

하지만 그가 자신을 협박한 녀석이라는 데까지 생각이 미치자 비웃음이 스멀스멀 올라왔다.

'그래, 어차피 이렇게 된 거, 너까지 모조리 처리해 주마.'

그리고 모든 것은 어둠 속으로 묻어 둘 생각이었다.

"너희부터 처리하고…… 어?"

산 아래 저 멀리 있는 놈은 나중에 처리해도 된다고 생각한 그는 세 사람부터 제압하려고 했다.

하지만 아까와는 다른 모습을 보이면서 김규호를 포위하는 세 사람.

"이 새끼들이!"

"누가 호락호락하게 죽어 줄 줄 알아!"

"죽는 건 너야!"

"내년 오늘이 네놈 제삿날이다!"

갑자기 돌변한 세 사람을 보고 당황하는 김규호.

전에는 자신이 두들겨 패든 발길질을 하든 꼼짝도 못 하고 무릎 꿇고 앉아 있던 놈들이 명백하게 반기를 든 것이다.

"이 미친 새끼들이!"

김규호는 다급하게 마구 회칼을 휘두르면서 한 명이라도 잡으려고 했다.

하지만 대상이 된 안필영은 주변에 잔뜩 쌓여 있는 낙엽을 뿌리면서 옆으로 피해 버렸다.

"이런 개자식! 죽어!"

그리고 그제야 김규호는 상황이 이해가 갔다.

지금 저들은 새로운 주인의 말에 따라 자신을 포위하고 도망치지 못하게 할 뿐이라는 것을 말이다.

그리고 그 남자가 가까워질수록 알 수 있었다, 놈의 손에는 기다란 쇠사슬이 들려 있다는 것을.

그 정도 길이라면 회칼을 든 자신이 아무리 저항해도 무의미하다는 것도.

"으아아! 비켜, 이 새끼들아!"

김규호는 어떻게 해서든 도망가기 위해 발악했지만 세 사람은 그를 철저하게 포위하고만 있었고, 그사이에 도착한 남자는 옴짝달싹 못 하는 그에게 쇠사슬을 휘둘렀다.

그 모습을 보면서 손채림은 고개를 갸웃했다.

"어떻게……."

아까 전만 해도 조용히 죽을 듯한 분위기였다. 그런데 갑자기 세 사람이 저항하다니.

"새 주인이 나타났으니까. 저들은 살기 위해 저항한 게 아니야. 새 주인이 나타나서 저항하라고 명령하니까 한 거지."

"뭐 그런 개떡 같은……. 자기가 죽을 게 뻔한데도 그냥 기다리고 있다가?"

"애석하게도 그런 셈이지."

"그러면 전 주인보다 새로운 사람이 통제력이 더 강하다는 뜻이야?"

"그건 아닐걸. 사실 시간을 봐서는 강할 수가 없지."

하지만 김규호는 세 사람을 죽이려고 했다.

그들이 심리적인 억압 때문에 움직이지 못했다고는 하지만, 인간으로서 살고 싶은 욕망이 없는 게 아니었다.

다만 맹수 앞에 선 사람처럼 심리적으로 위축되어서 몸이 움직이지 않았을 뿐.

"하지만 새로운 주인의 등장은 그런 심리적인 위축을 끝낼 수 있지."

"그건 이해하겠는데, 실패하면 어쩌려고?"

"우리가 손해 볼 거 있나?"

노형진은 피식하며 옆에 있는 카메라를 툭툭 두들겼다.

망원렌즈까지 붙어 있는 카메라는 김규호의 행동을 모조리 찍고 있었다.

"어차피 세 사람도 결국은 사람을 죽이는 데 협조한 공범이야. 그들이 칼에 찔린다고 해도 우리가 손해 보는 건 없지. 도리어 우리는 이걸 증거로 삼아서 김규호를 신고할 수 있어."

그리고 김규호는 살인미수로 처벌받을 것이다.

그 와중에 한 명이라도 살아남는다면 그는 김규호가 저지른 범죄에 대해 입을 열었을 테고 말이다.

"사실 김규호가 세 명 다 한꺼번에 죽이는 것은 불가능했을 거야."

김규호는 지능형 범죄자일 뿐, 직접 사람을 죽이는 타입이 아니다. 당연히 세 사람을 한꺼번에 죽일 수는 없다.

설사 한 명을 찌른다고 해도 눈앞에서 실제로 그 장면을 보게 되면 본능이 감정을 이겨서 도망갈 수 있을 테니까.

"결국은 어떤 답이 나오든 김규호는 함정에서 벗어날 수 없었어."

쇠사슬에 묶여서 끌려 나오는 김규호를 보면서 노형진은
미소를 지었다.

⚖️

−얼마 전 협박 자살 사건에 대해 경찰은 추가적인 조사를 통해
피해자를 더 밝혀내겠다는 의지를 밝혔습니다. 매년 수많은 사람들
이 자살하는 지금, 그중 얼마나 많은 사람들이 이런 협박으로 인해
인생을 마감했는지…….

노형진은 뉴스를 보다가 채널을 돌렸다.

김규호가 잡히고 난 후에 나머지 사람들에게 자수시키는
것은 어려운 일이 아니었다.

"다른 사람이라면 자수하지 않으려고 발악할 텐데."

"저들은 그런 게 없어. 심리적으로 기대고 있기 때문에 위
에서 명령을 내리면 어쩔 수 없이 따라가게 되어 있거든. 물
론 이쪽에서 제시한 당근도 유효했지만."

일단 살인의 종범이기는 하다.

하지만 그들이 직접적으로 살인에 가담하거나 폭행을 한
적은 없다.

그들이 한 최고의 위협은, 피해자나 협박 대상의 주변을

알짱거리면서 존재감을 드러낸 것뿐이다.

"그 정도면 길어 봐야 10년이겠지."

거기에다 새론에서 변론해 준다면 그 기간은 더 짧아질 것이다.

"피해자들 입장에서는 좀 억울할 수도 있겠지만 말이야. 불쌍한 건 경찰이지."

"그렇지. 뭐, 그것도 자업자득인가?"

"글쎄…… 그렇다고 볼 수도 있지."

경찰에는 수많은 자살 사건에 대한 전수조사 명령이 떨어졌다.

정확하게는 유가족들이 이상하다고 주장하는 자살 사건에 대한 조사이지만.

"가족이 자살했다는 말보다는 자살당했다는 말을 듣고 싶은 게 유가족들의 심리거든."

결국 상당수의 사건들에 대한 재수사가 시작되어, 대충 자살로 밀어붙이고 수사를 덮었던 경찰로서는 코피 터지는 상황이 되어 버렸다.

"그런데 진짜로 사건이 뒤집어지는 경우가 많잖아."

"그러니까."

재수사를 시작하면서도 경찰들은 뭐 얼마나 나오겠느냐고 생각했다.

하지만 이번처럼 협박에 의한 자살뿐만 아니라, 사람을 죽이고 자살로 위장한 사건들까지 후두둑 튀어나왔다.

물론 협박에 의한 자살은 대부분 이득을 노린 경우가 많았고, 김규호 같은 연쇄살인범이 추가로 나온 건 아니었다.

"이번 사건으로 제대로 일하는 분위기가 정착될까?"

"그럴 리가 있나."

노형진은 한숨만 푹 나왔다.

거대한 악순환. 그 안에 갇혀 버린 느낌이었다.

"우리가 그렇게 학교 폭력을 박멸하려고 해도 그게 박멸이되니?"

"아……."

새론 초기부터 학폭을 박멸하려고 그렇게 노력했지만, 여전히 학폭 사건은 수시로 터지고 여전히 경찰과 학교는 사건을 덮는 데에만 급급하고 있다.

"결국 돌고 도는구나."

"법은 발전하지만 범죄도 발전하지. 불법은 부지런하다는말이 그냥 생긴 게 아니야."

노형진은 씁쓸하게 말했다.

"그러니까 우리가 제대로 일을 해야지."

"하지만 우리는 변호사지 탐정이 아니잖아."

노형진은 벽에 걸려 있는 자신의 변호사 자격증을 보면서씁쓸하게 웃을 수밖에 없었다.

자살당하다

변호사들끼리는 라이벌이며 또한 사업적 경쟁자이기도 하다.

하지만 그와 동시에 서로 돕는 동업자이기도 하다.

그래서 가끔은 자신의 사건을 다른 사람에게 넘겨주기도 한다.

아주 드문 경우이기는 하지만, 자신의 힘으로 안 되는 사건을 쥐고 있어 봐야 해결되지 않으니 그걸 해결할 수 있는 사람을 소개시켜 주곤 하는 것이다.

"형사사건요?"

노형진은 질문하면서도 의뢰인보다는 그 옆에 있는 사람을 바라보았다.

손민후. 사건을 가지고 온 여자의 변호사였다.

그는 고개를 돌려서 의뢰인을 바라보았고, 의뢰인은 눈물을 뚝뚝 흘리며 손을 내저었다.

"네. 아들이 죽었는데 자기는 억울해서 못 살겠답니다."

"흠……."

의뢰인은 장애인이었다. 그래서 말이 아니라 수화로 대화를 이어 가고 있었는데, 다행히 수화를 할 줄 아는 변호사가 그녀의 의뢰를 받았다.

정확히는, 부탁을 받았다가 자신이 할 수 없다는 생각에 새론으로 가지고 왔다.

"그런데 그걸 왜 저희에게 가지고 오신 겁니까?"

다른 사람도 아닌 노형진을 콕 집어서 부탁했기 때문에, 접수처를 통하지 않고 동종 업계 사람으로서 그를 만나고 있는 노형진은 고개를 갸웃했다.

의뢰인이 뭐라고 말을 하려고 하자 손민후는 그의 손을 잡고 진정시켰다.

어차피 모든 사건은 이미 다 들었다. 힘들게 그녀가 수화를 할 이유는 없었다.

"이분은 아드님이 죽은 게 자살이 아니라고 생각합니다."

"자살이 아니라고……."

노형진도 알고 있는 사건이다. 얼마 전에 뉴스에 나왔던 사건이니까.

한 아파트에서 열다섯 살 먹은 중학생이 자살했다.

이유는 학교 폭력.

흔하게 벌어지는 일이었고, 새론과 노형진이 박멸하려고 그렇게 노력하지만 쉽게 박멸되지 않는 일이었다.

"그럼 누가 죽였다는 건가요? 하지만 CCTV에 혼자 아파트에 들어가는 것도 찍혔고, 누가 밀었다는 증거도 없는데…….."

누가 봐도 자살이다.

경찰에서 조사한다고 하지만, 어차피 자살로 결론이 날 것은 당연한 일이고.

"얼마 전에 소문을 들었습니다."

"소문?"

"네. 자살로 위장한 살인 사건을 해결하셨다고."

"아, 네. 그건 그런데…….."

경찰이 은근슬쩍 자신들의 공적으로 포장하면서 새론과 노형진의 이름을 빼 버리기는 했지만, 법조인들 사이에서 나는 소문까지 막을 수는 없었다.

그러니 몇몇 사람들은 그 소문을 들을 수 있었을 것이다.

"그게 무슨 문제라도 있나요?"

"그게 문제가 있는 게 아니라, 그걸 보고 생각했습니다. 이건 살인이 아닐까?"

"네?"

"사실 이런 사건이 발생하면 대부분은 학교 폭력으로 처벌하지 않습니까?"

"그건 그렇지요."

이런 사건은 매년 발생한다. 그것도 한두 번 발생하는 게 아니라 일반적이라 할 정도로 말이다.

"하지만 협박을 통해 자살을 유도한다면, 엄밀하게 말하면 살인이라고 하셨잖습니까?"

"그건 그렇지요."

"그래서 문득 생각이 든 겁니다. 이건 학교 폭력 같은 게 아니라 살인이 아닐까 하고요."

"흠……."

노형진은 침묵을 지켰다.

손민후 변호사가 하는 말이 뭔지 알아차린 것이다.

'살인이라…… 확실히…….'

얼마 전에 있었던 협박 살인 사건. 그건 노형진이 해결한 게 맞다.

그리고 그 소문을 들었다면 그렇게 생각할 수도 있다.

"요즘 학교 폭력은 상상을 뛰어넘죠. 아실 겁니다. 사실 이번 사건도 마찬가지인데요."

"하긴."

요즘 학교 폭력은 성인 범죄와 같다. 아니, 더 악독하다.

학교 폭력이라고 하면, 어른들은 그저 욕하고 때리는 정도만 생각한다.

하지만 현실적으로 학교 폭력은 폭행, 갈취는 기본에 협박과 납치, 감금, 강간뿐만 아니라 여자아이의 경우 성매매까지 시키는 악독한 수준으로 발전했다.

어떤 면에서는 어른들이 만든 폭력 조직보다 더 악질적인 범죄자들이다.

학생이라는 이유로 처벌하지 않으니 마음 놓고 행동하는 것이다.

'인간의 지성이 발전을 못 따라가는 수준이라고 해야 하나.'

아이들은 갈수록 악독해지는데 어른들은 여전히 학교 폭력이라고 하면 자기들끼리 티격태격하는 정도로만 생각한다.

"제가 본 톡 내용에 의하면 자살을 하도록 유도한 게 맞아요."

"그런데 경찰은 뭐라고 하던가요?"

"단순 학교 폭력으로 처벌하려고 하더군요."

"단순 학교 폭력이라……."

그러면 잘해 봐야 근신 정도에서 끝날 것이다.

그렇다면…….

"학교도 마찬가지겠군요."

"네."

퇴학도 아니고 기껏해야 정학 정도일 것이다.

만일 가해자들의 부모가 항의하면 근신 정도일 테고.

'피해자는 이미 죽었고.'

노형진은 피해자의 어머니를 슬쩍 바라보았다.

허름한 복장에 얼굴에 가득한 주름.

누가 봐도 힘없는 우리네 서민의 모습.

그녀가 아무리 억울하다고 해 봐야 그건 공허한 외침으로 끝날 가능성이 높다.

거기에다 그녀는 장애인이다.

한국 사회는 절대 장애인에게 우호적이지 않다. 장애인이라는 존재는 약자들 사이에서도 최약자니까.

'경찰은 이걸 단순히 폭행으로 넘길 테고. 그러면 잘해 봐야 5호 처분 정도 나오겠지.'

손해배상을 한다고 해도 살인이 아니라 단순 폭행 정도일 테니 갈취된 금액과 폭행에 대해서만 인정될 것이다.

거기에다 가해자가 한 명이 아닐 테니 그걸 나눠 낸다고 하면……

'기존의 판례를 따지면 잘해 봐야 한 2천만 원 정도 나올 테고.'

가해자가 몇 명인지 모르지만 나눠 내면 그다지 부담스러운 금액은 아닐 것이다.

"경찰에서는 조사 중이라고 하던가요?"

"네. 하지만 그게 끝이겠지요."

"그럴 겁니다."

일단은 언론에서 떠들고 있는 와중이니 잠깐은 수사할 것이다.

하지만 이런 사건은 아무리 길어도 일주일 이상 가지 않는다.

그다음은 뻔하다.

대충 설렁설렁 조사해서 넘기고, 변호사는 앞날이 창창한 청소년들 어쩌고 하면서 변론할 테고, 판사는 죽은 사람보다는 산 사람이 더 중요하다는 식으로 터무니없이 약한 처벌을 내릴 것이며, 가해자들은 법정에서 나온 후 사람 한번 죽여볼 만하다며 낄낄거릴 것이다.

'이건 뭐 한두 번 당하는 것도 아니고.'

매년 벌어지는 일이다.

그것도 열 번 이상씩은 벌어지는 일이지만 수십 년째 바뀌지 않는 일이다.

가해자가 힘이 있고 없고가 중요한 게 아니다. 그냥 그렇게 법을 적용하는 것이다.

청소년의 미래를 준비한다는 이름하에 말이다.

"가해자들이 뭐 힘 있는 애들인가요?"

"그냥 옆 동네에 사는 평범한 애들입니다. 아, 평범하지는 않네요. 그게 문제죠."

"네?"

"사실은 피해자분이 영구 임대 아파트에 사시거든요. 그런데 가해자들은 일반 아파트에 살고 있지요."

"아, 무슨 뜻인지 알겠습니다. 피해자 어머니 편은 없다고 봐도 무방하군요."

"역시 한 번에 알아들으시네요."

영구 임대 아파트에 사는 사람들을 무시하는 것은 흔한 일이다.

그런데 그 옆에 일반 아파트가 있는 경우.

'뻔하지.'

같은 아파트에 사는데 한쪽은 영구 임대 아파트, 한쪽은 일반 아파트.

그러면 일반 아파트에 사는 상당수 사람들은 되도 않는 우월함과, 같은 아파트에 살고 있는데도 저쪽은 훨씬 좋은 조건으로 들어왔다는 불만 때문에 그곳 거주자들을 대놓고 무시한다.

결정적으로 그 두 아파트는 학군이 겹친다.

어떤 부모들은 자신의 아이에게 대놓고 영구 임대 아파트에 사는 아이들을 무시하라면서, 자기 자녀의 인성을 망치는 데 적극적으로 나서기도 한다.

"이런 경우는 아무래도 편들어 줄 사람이 없지요."

영구 임대 주택은 상대적으로 숫자도, 아이들도 적다.

거기에다 주변이 모조리 아파트라면 대놓고 무시당하는 일도 많을 것이다.

"이런 경우에 주변에서 힘을 줘야 하는데."

"툭 까고 말해서, 일반 임대 아파트에 사는 사람들은 비렁뱅이가 자살해서 아파트값을 떨어트렸다고 항의까지 했답니다."

"미친놈들."

노형진은 고개를 절레절레 흔들었다.

"협박과 가혹 행위를 통해 자살하게 만들었다. 현행법상
으로 보면 명백하게 살인인데요."

사건만 보면 자살당한 셈이다.

"그래서 온 겁니다. 이대로 두면 제 의뢰인의 아이의 죽음
은 개죽음이 될 겁니다. 끊임없이 죽고 죽고 또 죽겠지요."

"거절할 수가 없게 만드시네요."

실제로 한 학교에서 1년 동안 다섯 명이나 자살자가 나왔다.

이유는 학교 폭력이었지만, 정작 그 폭력을 가한 사람은
전학을 가고 이름을 바꾸고 뻔뻔하게 살아가고 있었다.

"저로서는 방법이 없더군요."

"이해합니다."

형사는 철저하게 검사와 경찰의 문제다.

변호사들이 아무리 살인죄로 해 달라고 주장해 봐야 그들
이 살인죄로 취급하지 않으면 방법이 없다.

다른 유가족들이라고 그런 항의를 하지 않았겠는가?

하지만 경찰과 검찰은 이걸 살인으로 인정하지 않았다.

"흠……."

법적으로 어찌할 수 없는 사항이라 노형진은 턱을 문질렀다.

"살인으로 가기는 해야 하는데……."

"네. 그런데 저는 그냥 개인 변호사라서요."

살인으로 의견서를 내기는 했지만 그게 통과될 가능성은

10% 미만.

"제가 받아들이기로 하지요."

노형진은 고개를 끄덕거렸다.

그는 학교 폭력을 근절해야 한다고 생각하는 사람이다.

학교 폭력은 단순히 애들 싸움의 문제가 아니다.

학교에서 폭력으로 이득을 본 자들은 나와서도 똑같은 짓을 하기 마련이다.

그리고 그걸 보고 자란 아이들도 마찬가지로 폭력과 협박으로 이득을 보려고 한다.

"감사합니다."

"하지만 방법이 마땅치 않네요."

"네? 지금 해 주신다고……."

"해 드린다고는 했습니다. 하지만 방법이 없어요."

"언론을 통하면 안 될까요?"

"언론요?"

노형진은 고개를 흔들었다.

아마도 손민후 변호사는 노형진이 언론을 통해 어떻게 힘써 주기를 바라고 온 모양이었다.

자신보다는 노형진이 하는 말이 언론에 더 강하게 먹힐 테니까.

"이미 언론에는 나갔습니다. 하지만 이게 몇 달씩 갈 사건인가요? 아무리 저라고 해도 한계가 있지요."

"으음……."

"지금까지처럼 처리될 겁니다. 물론 제가 나서면 1주나 2주 정도는 더 연장할 수 있겠지요. 하지만 경찰이나 검찰은 절대로 이걸 살인으로 처리하지 않을 겁니다."

"그러면……."

"방법을 생각해 봐야지요."

노형진은 눈을 찌푸리면서 중얼거렸다.

⚖

"이건 뭐…… 답이 안 보이네."

사건에 대한 말이 아니다.

손민후 변호사가 주고 간, 사망한 아이의 핸드폰 기록을 보고 하는 말이다.

"아주 대놓고 죽으라고 했는데?"

—죽어, 개새끼야. 안 죽어? 내가 너희 엄마 돌림빵 할까?

—이 새끼는 언제 죽나.

—인제 가면 언제 오나, 낄낄낄.

—병신 새끼. 자살할 용기도 없는 새끼가 어디서 기어올라?

단순히 돈을 빼앗는 정도가 아니었다.

아주 체계적이고 집요하게, 자살로 몰아가기 위한 포석이 여기저기에 깔려 있었다.

"돈이 목적이 아닌 것 같은데."

"돈이 목적일 리 없지. 중학생쯤 되면 금전 감각이 있을 테니까."

영구 임대 아파트에 사는 애를 괴롭혀 봐야 나올 수 있는 돈은 없다.

돈이 목적이라면 좀 더 잘사는 애를 괴롭혀야 한다.

"이건 그냥 괴롭힘 자체가 목적이야. 자기들의 힘을 자랑하고 주변에 알리기 위한 목적. 아마 반성도 안 할걸. 어때?"

손채림은 어깨를 으쓱했다.

사건을 접수하고 나서 가장 먼저 한 것이 그들에 대한 조사였다.

일단 그들이 반성하고 있다면 잘 설득해서 합의를 이끌어 낼 생각이었기 때문이다.

그러나…….

"주변에 자기네가 사람 죽이는 데 성공했다고 낄낄거리면서 자랑하고 다닌다더라."

같은 학교에 다니는 아이들에게 적당히 용돈을 쥐여 주고 들은 소식에 따르면, 반성은커녕 그걸 자랑하면서 주변을 더 겁주고 있다고 했다.

자신들에게 저항하면 너희도 그 꼴이 될 거라면서.

"역시나."

자신의 권력을 이용해서, 일종의 본보기 삼아 한 명 괴롭히는 것은 아이들 세계에서는 흔하게 있는 일이다.

문제는 그걸 제대로 통제하지 않는다는 것.

"그런데 의외네."

"뭐?"

"가해자들 말이야. 공부도 잘하면서 왜 그러는 거야?"

가해자는 총 네 명으로, 한 명은 전교 3등, 다른 한 명은 반에서 1등, 나머지 두 명 역시 전교 석차 30위 안에 들어가는 아이들이었다.

"무한 경쟁의 폐해지."

"무한 경쟁의 폐해?"

"그래."

과거에는 못사는 아이들이 가해자인 경우가 많았다.

가난하다고 무시받고 또 미래가 안 보이니까 엇나가는 것이다.

"하지만 요즘은 공부 잘하고 평범하거나 잘사는 애들이 점점 더 가해를 많이 해."

"왜?"

"아이들의 머리가 발전하니까."

"응?"

"과거의 아이들보다 지금의 아이들이 머리를 더 쓰는 건 알지?"

"그렇지."

"반대로 말하면 현실도 더 잘 안다는 거야."

과거에는 한번 엇나가면 그만이니까 자신이 억울해서, 그래서 사고를 치는 아이들이 많았다.

하지만 지금은 아니다.

지금은 사고를 치고 싶어도 현실을 너무나 잘 알고 있다.

그래서 현실적으로 자신들이 친 사고를 수습할 방법이 없다는 걸 알면 그냥 체념해 버린다.

"하지만 돈 있고 공부 좀 하는 애들은 아니지."

학교는 철저하게 승자 위주다.

사고를 쳐도 공부 잘하는 아이에게는 손대지 않는다.

도리어 공부 못하는 피해자들을 탓하면서 쫓아낸다.

사회도 마찬가지다.

돈이 있고 백이 있으면 철저하게 우호적이다.

그리고 피해자가 가난하면, 그럴 만한 이유가 있을 거라면서 도리어 피해자를 매도한다.

"그래서 요즘은 가난한 사람들 중에 피해자가 더 많아."

"진짜 세상 씁쓸하구나. 애들까지 그러냐."

"요즘 애들은 과거의 애들과 달라. 훨씬 영악하고, 법적인 지식도 이용하고, 어른을 등쳐 먹을 줄도 알아. 정작 발전하지 못하는 건 애들이 아니라 어른이야."

많은 사람들이 아직도 과거의 잘못된 경험에서 헤어 나오지 못해 공부 잘하거나 집이 부유하면 선한 줄 알고, 가난하거나 성적이 나쁘면 나쁜 아이인 줄 안다.

사회가 학교 성적만으로 움직이는 게 아니라는 걸 알면서도 말이다.

"그래서 공부 잘하는 놈이 사고 치면 이렇게 말하지, 그럴 아이가 아니라고. 하지만 '그럴' 애가 따로 있나?"

결국 제대로 인성 교육이 안 되면 성적과 상관없이 개자식이 되는 게 사람이다.

"그러면 어쩌지?"

"글쎄, 일단은…… 합의해 봐야겠지."

피해자가 안타깝기는 하지만 이 사건은 형사다. 자신들이 할 수 있는 게 한계가 있다.

그러니 최대한 그들과 합의해서 사과를 받아 내는 게 중요했다.

"쉽지는 않겠지."

노형진은 어깨를 으쓱했다.

⚖

"지랄하네."

쉽지 않을 거라고 생각하긴 했다.

하지만 쉽지 않은 정도를 넘어서 이렇게 후안무치할 줄은
몰랐다.

"내가 왜 그 걸레 같은 집안에 사과를 해야 해?"

"뭐라?"

새파랗게 어린 놈이 의자에 삐딱하게 기댄 채 노형진에게
반말을 찍찍 하면서 피식피식 웃는다.

그뿐만이 아니다. 다른 세 명도 피식거리면서 그놈을 바라
보고 있었다.

"걸레 같은 집안?"

노형진은 자신이 반말을 들은 건 신경 쓰지 않았다.

하지만 걸레 같은 집안이라니?

사람을 죽여 놓고 그게 할 말이란 말인가?

"그렇잖아. 안 그래? 내가 죽였어? 난 안 죽였어. 그 새끼
가 두 발로 올라가서 뛰어내렸지."

"너희가 괴롭혔잖아."

"그거야 애들 장난이었지. 안 그래요, 아빠?"

"그럼. 애들이 크면서 장난 좀 칠 수도 있는 거지, 뭘 그걸
가지고 경찰까지 부르고, 쯧쯧. 하여간 거지새끼들은 틈만
나면 돈 몇 푼이라도 뜯어내려고."

피식거리면서 웃는 아버지라는 인간의 말에, 노형진은 슬
며시 머리에서 핏줄이 올라왔다.

'그렇지. 이런 거지.'

자식은 부모를 닮는다고 했다.

집안이 개판이니 사람을 죽이고도 당당할 수 있는 것이다.

"내가 죽인 것도 아니고 지가 살기 싫다고 뛰어내린 걸 왜 나한테 뭐라고 그래?"

"맞아, 맞아."

"귀찮게 굴지 좀 마, 어차피 적당히 풀려날 거."

"야, 이 새끼야! 너!"

옆에서 그 꼴을 보던 손채림이 결국 참지 못하고 소리를 버럭 질렀다.

하지만 적반하장이라는 말이 뭔지 이들은 확실하게 보여 주었다.

"어디서 소리를 질러! 우리 애 기죽게!"

"뭐라고요?"

"어디 이딴 일이나 하는 여자가 우리 애한테 소리를 질러? 우쭈쭈, 우리 아들 안 놀랐어?"

애엄마로 보이는 여자는 자신의 아들만 챙겼다.

그들 가족의 눈빛에서는 미안함도, 반성도 보이지 않았다.

"허……."

노형진은 고개를 흔들었다.

이래서야 합의를 시도한 것의 의미가 없다.

'그래, 합의하지 않을 거라면…….'

저쪽에서 막나가면, 이쪽도 막나가면 그만이다.

"채림아."

"응?"

"이 인간들, 어디 재벌이냐?"

"이 인간들?"

모여 있던 사람들의 눈썹이 꿈틀했다.

합의하자고 모이라고 하더니 '이 인간들'이라니.

'멍청한 놈들.'

이쪽이 약하게 나간 이유는 합의를 도출해 내기 위해서이지 그들이 강하거나 무서워서가 아니다.

그런데 이 사람들은 그걸 보고 자신들이 갑이라고 생각한 모양이다.

"이봐요, 당신들이 얼마나 잘났는지 모르겠는데……."

"이게 미쳤나?"

발끈해서 노형진에게 따지고 드는 사람들.

'그래, 잘난 맛에 살 만하기는 하지.'

노형진도 그들이 살고 있는 아파트를 안다.

일반인이라고 이야기하기는 했지만 사실 그 아파트가 서민이 살 만한 곳은 아니다. 시가로 대략 6억 정도.

기업 분류를 보자면 대기업의 과장이나 부장급, 또는 어느 정도 경험이 되는 변호사나 의사 정도가 살 수 있는 곳이다.

"여기서 60평 이상 아파트에 사는 사람?"

노형진의 당혹스러운 질문에 다들 어리둥절한 표정으로

그를 바라보았다.

질문의 목적이 이해가 가지 않았기 때문이다.

하지만 노형진은 그들의 궁금증을 풀어 주는 대신에 다른 질문을 다시 던졌다.

"그러면 여기 있는 분 중에서, 혹시 그 아파트 대출 끼지 않고 산 사람은?"

"뭐?"

세상에 6억 정도 되는 집을 대출도 끼지 않고 사는 사람이 얼마나 될까?

노형진은 그런 그들의 표정을 보면서 피식 웃고는 손채림을 돌아보았다.

"채림아."

"야, 이거 거지새끼들이라 합의금 받을 것도 없겠다."

"거지새끼들?"

순간 눈깔이 확 돌아가는 사람들.

하지만 노형진은 그 정도에서 멈출 생각이 없었다.

어차피 합의는 글러 먹은 거, 제대로 속을 긁어 줄 생각이었다.

"너 지난번에 건물 산다더니 어떻게 샀냐?"

"네가 소개시켜 준 덕분에 하나 샀지. 한 40억 줬나?"

손채림도 노형진이 뭘 노리는지 알고 속으로 피식거리면서 고개를 끄덕거렸다.

"일시불?"

"거지새끼도 아닌데 무슨 그런 걸로 대출을 받아?"

"그렇지?"

"그러니까. 너도 지난번에 빌딩 산 거, 카드값 나갔어?"

"빌딩? 아아, 그거? 그게 체크카드였잖아."

"그랬나?"

"그래. 고작 20층짜리 빌딩 하나 사는데 뭘 할부를 긁어? 용돈으로 해결하면 되는 거지."

노형진과 손채림의 대화에, 합의하러 온 사람들의 얼굴이 붉으락푸르락해졌다.

지금 두 사람이 무슨 목적으로 이런 대화를 하는지 모르지 않았기 때문이다.

"하여간 별거 없는 거지새끼들이 돈독만 올라서 돈 좀 아끼려고. 뻔뻔하다니까."

아까 전 남자가 한 말을 그대로 돌려주는 노형진.

"이익! 합의 없어! 합의 못 해!"

벌떡 일어나는 남자.

"갑시다!"

"어머, 이렇게 예의 없고 교양도 없는 사람들이랑 무슨 합의를 해요?"

언성을 높이면서 나가는 사람들.

그러거나 말거나 내버려 두고 있던 노형진은 전부 나가자

입맛을 다셨다.

"예의? 교양? 지랄하고 자빠졌네."

"그러게. 아오, 40억이 아니라 80억이라고 뻥칠 걸 그랬나?"

"그럴 걸 그랬나 봐."

맞은편으로 자리를 옮긴 손채림은 걱정스러운 표정으로 물었다.

"그나저나 합의는 물 건너간 것 같은데, 어쩔 거야? 진짜 법대로 할 거야?"

"일단 검사를 만나 봐야지."

공소는 오로지 검사의 권한이다.

그런 만큼 노형진이 아무리 노력해도 죄목을 살인으로 바꿀 수는 없다.

"만일에 안된다고 하면…… 다른 방법을 찾아봐야지."

노형진은 씁쓸하게 웃었다.

⚖

"살인요?"

"네. 이거 위계에 의한 살인이지요. 안 그렇습니까?"

노형진은 검사와 만나서 이야기를 하고 있었다.

어차피 증거는 검사도 다 가지고 있으니 따로 증거를 가지고 올 이유는 없다.

"보세요. 이 새끼들, 애초부터 자살로 몰아가려고 작심하고 덤볐어요. 패고 때리고 돈 빼앗고 죽으라고 몇 달 동안 괴롭히고, 심지어 집에까지 찾아와서 행패 부리고. 이건 그냥 학교 폭력이 아닙니다. 위계에 의한 살인이에요, 위계에 의한 살인."

위계란 쉽게 말해서 거짓으로 꾸민 계책이다.

이 경우에는 몇 달 동안 죽으라고 폭행하고 죽으라고 위협했을 뿐만 아니라 갈취를 비롯한 오만 범죄가 다 들어가 있었다.

"그냥 장난이라고 하던데…….."

"검사님, 도둑놈이 자기가 도둑질했다고 순순히 인정하는 거 봤어요? 살인범이 자기가 죽였다고 순순히 인정합니까? 어차피 가해자들은 거짓말하잖아요. 그러면 증거를 봐야지요, 증거를."

"하아……."

검사는 답답한 듯 머리를 북북 긁었다.

그러더니 앞에 놓인 서류를 탁 덮고 슬쩍 바깥 눈치를 봤다. 그리고 조심스럽게 입을 열었다.

"노 변호사님, 툭 까고 말해서, 이게 될 거라 생각합니까?"

"안될 건 뭐랍니까? 이 정도로 증거가 넘치면, 성인이면 대놓고 살인이에요. 아니에요?"

"그건 그렇지요. 하지만 나도 입장이라는 게 있잖아요, 입장이라는 게."

"입장요? 무슨 뇌물이라도 받으신 겁니까?"

"아니, 무슨 소리를 그렇게 해요!"

저도 모르게 언성을 높이던 검사는 고개를 절레절레 흔들었다.

"위에서 뭐라고 그런단 말입니다, 사건을 너무 크게 키운다고."

"네?"

"노 변호사가 무슨 말을 하는지 압니다. 나도 사법시험 통과한 놈이니 바보 아니에요. 성인 같으면 이건 대놓고 위계에 의한 살인이지."

서류를 탁탁 두들기는 검사.

"그런데 이 새끼들은 고작 열다섯 살이란 말입니다. 이걸 위계에 의한 살인으로 넣으면 위에서 뭐라고 할 것 같아요? 아이고, 우리 새끼 잘한다?"

그런 거라면 이미 살인으로 들어갔어야 한다.

"이거 위계에 의한 살인으로 넣어 봐야, 위에서는 일 더럽게 크게 키운다고 지랄한단 말입니다. 살인이 얼마나 심각한 사항인지 아시잖아요."

"알죠."

"고작 열다섯 살밖에 안 된 애들을 위계에 의한 살인으로 처벌한다? 언론이 아주 좋아하겠습니다."

"피해자는요? 그럼 피해자는 어쩌라고요? 피해자도 열다섯 살이었어요."

"그러니까요. 나도 억울해요. 당장 지금은 피해자가 불쌍하니까 그 새끼들을 죽여라 살려라 하지, 정작 그 새끼들을 살인으로 밀어 넣으면? 인권 단체에서 가만히 있을 것 같아요? 그리고 학교는? 학생 단체는? 열다섯 살짜리 인생 망치려고 작정했느냐고 우리를 물고 뜯고 맛보고 즐길 거란 말입니다."

"웃기네요."

"웃기지만 어쩌겠어요."

여론은 순간이다. 하지만 저런 단체들은 지속적이다.

일주일만 지나면 여론은 잠잠해지지만 사건이 진행되고 저런 단체들이 끼어들면 검찰은 과도한 처벌이라고 미친 듯이 뜯길 게 뻔하다.

"나도 알죠. 완전 개새끼들이더만. 뭐, 내 눈앞에서는 잘못했다고 눈물 펑펑 흘리기는 하던데, 내가 병신도 아니고, 기록 보면 다 나오는데."

"그런데요?"

"나라고 그 새끼들 인생 조지고 싶지 않겠어요? 그런데 그게 안 돼요, 씨발. 우리나라 알죠? 어리다는 거, 학생이라는 거, 그거 벼슬입니다. 학생이 나라를 팔아먹어도 어리니까 봐주자는 게 윗놈들 대가리예요."

이것이 삶이다

"하지만 시대가 바뀌지 않았습니까? 요즘 애들 사이에 얼마나 잔혹 범죄가 많은데."

"내가 그걸 모르겠습니까?"

고개를 절레절레 흔드는 검사.

지금까지 수많은 사건을 하면서, 그리고 애새끼들이 얼마나 잔혹한지 모를 리 없다.

"알면 뭐 해요, 그 새끼들 처벌하려고 해도 이빨도 안 들어가는데."

"누군가는 총대를 메야죠."

"그렇지요. 하지만 노 변호사님, 이 바닥에서 총대 메는 인간 끝이 좋은 꼴 봤습니까?"

노형진은 눈을 찌푸렸다.

'하여간 말로만 독립권을 보장한다지.'

검찰이고 법원이고 독립권을 보장한다고 하지만, 사실 완벽한 독립은 아니다.

어떤 범죄에 대해서든, 처벌에 대한 가이드라인이 있다.

무슨 범죄는 어떤 식으로 처벌한다는 방식 말이다.

문제는 코에 걸면 코걸이, 귀에 걸면 귀걸이라는 거다.

권력자나 재벌을 그 이하로 처벌해도, 가난하고 힘없는 사람을 그 이상으로 처벌해도 아무런 말이 없다.

'그러니까 이쪽이 욕먹는 거지.'

원래 그 가이드라인이 존재하는 이유는, 아무리 독립권을 보장한다고 하지만 기준은 있어야 하기 때문이다.

　가령 법에 1년 이상 5년 이하 징역이라고 되어 있다면, 재수 없으면 독한 검사를 만나서 5년을 구형받을 수도 있고 재수 좋게 만만한 검사를 만나서 1년만 구형받을 수도 있다.

　가이드라인은 이걸 막기 위한 것이다.

　물론 이게 절대적인 것은 아니다.

　'부자나 권력자한테는 말이지.'

　문제는 이걸 어긋나게 한다면 상부에서 지금 검찰 결정에 개기느냐고 뭐라고 한다는 것이다.

　자신들의 가이드라인을 지키지 않는다고 말이다.

　"이게 좀 큰 건이면 나도 딱 지르고 나가서 변호사 하면 되는데, 이거 가지고 검사 때려치우고 나가서 변호사를 할 수는 없지 않습니까?"

　"그건 그렇지요."

　"그리고 내가 설사 살인으로 지른다고 해도, 법원에서 통할 것 같습니까? 언론에서 과도한 처벌이라고 마구 물어뜯을 게 뻔한데."

　노형진은 입맛만 다셨다. 그의 말이 맞기 때문이다.

　"나도 이 새끼들에게 엿 먹이고 싶어요. 그런데 어쩔 수가 없어요."

　"여론으로도 안 됩니까?"

　"이런 사건이 1년에도 수십 건입니다. 뭐, 그때만 시끄러웠잖아요."

"하긴……."

그것 때문에 노형진도 부정적으로 보기는 했지만 말이다.

"나도 최대한 구형해 볼게요. 그러니까 저한테 맡겨 두세요."

검사도 이번 사건은 그냥 넘어갈 생각이 없는 모양이었다.

그러나 그건 어디까지나 그의 생각일 뿐.

'그래 봤자 6호 처분이겠지.'

그의 말대로 이건 검찰만의 문제가 아니다.

이 사건이 위계에 의한 살인으로 올라간다고 해도 법원에서 인정해 주지 않을 가능성도 높다.

아이들은 선처해야 한다는 강박관념을 가진 곳이니까.

오죽하면 법대로 제대로 판결한 판사가 국민들에게 올바른 판사라면서 인터넷에서 칭찬을 듣겠는가.

'안 돼, 안 바꿔 줘, 돌아가……였나?'

노형진은 머리를 북북 긁으면서 한숨을 쉬었다.

검사도 자신의 힘으로 할 수 있는 것이 없다고 한다면 다른 방법을 찾아야 하기 때문이다.

'아무래도 이번 사건, 골치 아프겠는데.'

⚖️

"검사도 무리라고 하고 법원 쪽도 안 된다고 하고……."

결국 노형진은 다른 사람들에게도 도움을 요청했다.

하지만 그들도 달리 뾰족한 방법이 없어 보였다.

"아무래도 살인죄라는 게 처벌이 어마어마하다 보니……."

"처벌이 어마어마하다고 처벌 내리기 무서워하면 판사를 어떻게 합니까?"

무태식은 발끈하면서 말했다.

아이가 태어난 이후 무태식 변호사는 이런 사건에 대해 상당히 예민하게 반응하는 편이었다.

"그러니까 말일세. 그 녀석들 나이가 고작 열다섯 살이라며? 그러면 아무리 형량을 높게 때린다고 해도 고작해야 10년일 걸세. 그런데 그 10년 형을 주기 싫어서 저러니 원."

열다섯 살.

10년 형을 살고 나와도 스물다섯 살밖에 되지 않는 어린 나이다.

피해자는 목숨을 잃고 그 유가족은 인생을 잃어버렸음에도 불구하고 말이다.

송정한은 고개를 절레절레 흔들었다.

이런 사건을 들을 때마다 욕이 나오지만, 바뀌지 않는 한국 때문에 속이 터지는 기분이었다.

"언론은 이미 효과가 없다는 거 확실하고……. 노 변호사, 자네가 그 사회적으로 매장하는 거 가능하지 않나?"

"그건 가능하지요. 하지만 의뢰인은 그걸 원하지 않습니다."

"원하지 않는다니? 말이 안 되는데."

철저한 복수를 원한다면서 사회적으로 매장하는 건 원하지 않는다니?

그건 말이 되지 않는다.

모름지기 복수라면 사회적으로 죽이는 것도 포함되어 있기 때문이다.

노형진은 한숨만 나왔다.

"그분…… 암이랍니다."

"아…….'"

"항암 치료 받을 생각도 없으세요. 돈도 없고, 하나뿐인 아들이 그렇게 죽고 나서는……."

"남편분은?"

"이혼해서 연락 끊긴 지 오래랍니다."

"후우…….'"

길어야 1년이라고 했다.

아들이 이렇게 죽어서 삶의 의미까지 놔 버린 상황이니 암은 더 빨리 진행될 것이 뻔하다.

더군다나 항암 치료까지 포기한 상황이니.

"길어야 6개월이실 겁니다. 사회적으로 매장하는 것은 시간이 너무 오래 걸립니다."

"그렇겠지."

고작 열다섯 살짜리다.

그들이 사회로 나가려면, 아무리 빠르다 해도 4년은 더 있어야 한다.

그런데 그들은 나름 공부를 잘하는 편이니 대학 진학에 군 복무까지 합하면 10년 이상 걸릴 것이다.

"그분에게 가시적으로 보여 드릴 수 있는 복수는 그들이 살인자로서 벌받는 것뿐입니다."

"그것도 1심뿐이겠군."

저들은 2심까지 갈 것이다.

아니, 살인죄에서 벗어나기 위해 3심까지도 갈 것이다.

"그분이 돌아가신 후에는 우리의 싸움이 되겠지요."

"진짜인가?"

의뢰인이 죽고 나면 돈 받을 곳은 없다.

그런데 노형진은 3심까지 자신이 하겠다는 말을 꺼낸 것이다.

"어차피 돈 때문에 하는 거 아니니까요."

"하긴, 계약서야 미리 3심까지 써 두면 그만이기는 하지."

당사자가 없다고 해도 유언으로 계약을 유지시키는 것은 어려운 일이 아니다.

"그러면 목표는 그들에 대한 살인죄를 인정받는 것이군. 어떻게 했으면 좋겠나? 사실상 우리가 쓸 수 있는 카드는 다 쓴 것 같은데."

송정한은 노형진을 바라보았다.

이미 주제에 대해 이야기를 다 들었기 때문에 많은 생각을 했다. 하지만 그에게도 별다른 방법은 없었다.

"장기적인 방법은 헌법 소원을 하는 것입니다만……."

"헌법 소원이라……."

"하지만 그걸 해결하기 위해서는 다른 피해자를 찾아야 합니다."

"그거야 어렵지 않겠지. 이런 사건 피해자가 어디 한두 명인가?"

헌법 소원을 넣어도 당사자가 죽어 버리면 의미가 없다.

당사자가 없는 재판이라는 것은 존재할 수 없으니까.

그러니 같은 피해를 입은 피해자를 대리인으로 찾아야 한다.

"설사 한다고 해도 그건 너무 오래 걸려. 못해도 3년은 걸릴 걸세."

"그렇겠지요. 사전의 다른 구제 절차까지 따지면 5년이 될 수도 있고요."

헌법 소원은 내고 싶다고 내면 그만인 게 아니다.

그 이전에 가능한 구제 절차들을 모조리 밟고도 구제받지 못해야 헌법 소원을 넣을 수 있다.

그러나 의뢰인의 삶은 채 1년이 안 남은 상황.

"그러면 다른 방법은?"

"직접 들이받아야지요."

"직접 들이받는다니?"

"검사를 공격하는 겁니다."

다들 고개를 갸웃했다.

"검사가 안 받아 준다면서?"

"검사가 안 받아 주는 것과 상관없이, 검사를 공론의 장으로 끌어내는 겁니다. 그리고 처바르는 거지요."

"여론? 여론은 한시적이라고 하지 않았나?"

"그건 이 사건에 한해서만 그런 거지요."

너무 흔한 사건이라 일주일을 가기 힘들다. 그러니 이것만 가지고 끌고 갈 수는 없다.

"하지만 이것을 포함하면 끌고 갈 수 있습니다."

"이걸 포함하면?"

"어차피 국민들은 검사들을 별로 안 좋아하지 않습니까?"

"그렇지."

"그러면 그들을 끌어내서, 살인자를 보호하는 놈들로 만드는 겁니다. 살인자를 보호하는 검찰로 만드는 거지요."

다들 얼굴이 딱딱하게 굳었다.

확실히 그런 이미지는 검찰로서는 상당히 부담스러운 부분이다.

안 그래도 정치적 판단으로 인해 검찰에 대한 사법 불신이 하늘을 찌르는데 바깥으로 끌려 나와서 대놓고 사법 불신을 당하면 검찰의 이미지는 개떡이 되고 만다.

"그리고 그 여론은 쉽게 꺼지지 않겠지요."

"확실히······ 그건 작은 불씨는 아니지."

제대로 일하지 않는 검찰이라는 이미지와 살인자를 은폐하고 보호하는 검찰이라는 이미지는 전혀 다르고, 그로 인한 충격 또한 다르다.

이런 식으로 끌고 가면 검찰 입장에서는 아마 똥줄이 바짝바짝 탈 것이다.

"그리고 그 대표적인 예로 이번 사건을 들이미는 거죠."

"오호."

기존 판례들은 많으니 이번 사건을 들이밀면 검찰의 입장에서는 이걸 단순 학교 폭력으로 무마할 수가 없다.

전 사건들이야 그렇다고 쳐도 이번 사건은 누가 봐도 살인이니까.

"이번 사건은 그저 불쏘시개일 뿐인 거죠, 검찰을 압박하기 위한."

"그 대신에 검찰의 살인범 보호 이미지를 강화한다 이거군."

"네."

노형진의 말에 다들 고개를 끄덕거렸다.

그건 절대 쉽게 꺼지지 않는 불이 될 것이다.

"그러면 뭐······."

송정한도 고개를 끄덕거렸다.

어차피 자기들 일은 검사들과 싸우는 거다.

"불 한번 제대로 질러 보세나."

인민재판? 국민 재판!

　검찰을 끌어내어서 제대로 쪽팔리게 해 주겠다는 노형진의 담대한 계획에 다들 놀라기는 했지만 결국은 수긍할 수밖에 없었다.

　국가의 조직은 자신들에게 불이익이 없다면 절대 바뀌지 않는다는 것을 모두 느끼고 있었기 때문이다.

　그리고 그 전장으로 선택된 것은 다름 아닌 〈토론 120분〉이라는 시사 프로그램이었다.

　"시청률은 그다지 높지 않아. 하지만 사회적으로 많은 주제를 가지고 이야기하지."

　손채림은 설명하면서 이야기를 이어 갔다.

　"방송국 쪽하고는 이야기가 끝났어."

"그래?"

"방송국 쪽이야 시청률만 나온다면 악마한테도 영혼을 팔아먹을 놈들이잖아."

"너무 노골적이다."

"쩝."

그간의 일을 통해 도무지 언론을 못 믿게 된 손채림은 그저 고개를 흔들 뿐이었다.

그러다가 마지막으로 고개를 한번 크게 휘저어 생각을 털어 내고는 바로 다음 주제로 넘어갔다.

"일단 주제는 결정되었어. '학교 폭력, 이대로는 좋은가?'야."

"겉으로는 멀쩡해 보이네."

"겉으로야 그렇지. 그런데 그쪽은 누구를 데리고 오고 싶냐고 물어보던데?"

"누구?"

"그래. 요즘은 방송 잘만 타면 스타가 되는 건 어렵지 않잖아. 그러니까 자기들이 요청하면 어지간한 사람은 나올 거래."

"그렇단 말이지……."

노형진은 곰곰이 생각에 잠겼다.

자신이 공격해야 하는 대상. 그러니까 검찰의 얼굴로서 모든 의혹을 책임질 사람이 있어야 한다는 소리다.

"그냥 맡겨?"

"응? 아니야, 아니야."

노형진은 고개를 흔들었다.

표적을 정하는 것도 그냥 하는 게 아니다.

그 존재가 검찰의 얼굴이 될 수 있어야 하는 동시에, 국민들에게 공분을 일으킬 수 있는 사람이어야 한다.

'그러기 위해서는 너무 낮은 직급은 의미가 없어.'

너무 낮은 직급이 오면 대표성이 없다.

그러나 기존에 있던 스타를 데리고 오면 또 자신의 공격이 제대로 먹히지 않을 가능성이 높다.

그렇다고 아무런 연관성이 없는 사람을 데리고 오면 그것도 이상한 일이고…….

아무 상관 없는 사람을 데리고 와서 다른 사람이 잘못한 것을 반성하라고 윽박지르는 짓거리밖에 안 될 테니까.

'공분을 일으키고, 분노를 자아내고, 검찰의 진면목처럼 보일 수 있는 사람…….'

노형진은 그 생각을 하다가 문득 한 가지 기억을 떠올렸다.

"잠깐만."

"응?"

"아…… 그 사건이 뭐였더라?"

"무슨 사건?"

"이런 사건이 흔하게 벌어졌잖아."

"그렇지."

"그런데 그중에 시끄러웠던 것이 있었는데."

노형진은 기억 속의 사건을 찾아내기 위해 머리를 한참 굴렸다.

상당한 시간이 지난 사건이다. 여러 가지 의혹이 있었지만, 그 이후에는 잠잠해졌다.

'아니, 잠잠해진 건 당연한 건가?'

노형진은 한참을 고민하면서 기사를 뒤졌다.

하지만 시기를 대충 기억하고 있음에도 불구하고 관련 기사는 하나도 남아 있지 않았다.

"털었네."

"털다니?"

"의심스러운 사건이 하나 있었는데 말이지. 그걸 이용하면 적당할 것 같은데 사건 기록이 하나도 없어."

"그럴 리가. 인터넷에서 본 거라며?"

"그래."

"그런데 없다고?"

"내 기억이 맞으면, 가해자 부모가 기사를 내리게 할 정도의 힘을 가지고 있었거든."

"으엑?"

"물론 한창 시끄러울 때는 못 했겠지. 하지만 시간이 지나고 잠잠해진 후에는 털어 낼 수 있었을 거야. 그럼 그 후는 일사천리지."

가해자는 이름을 바꾸고 살아가면 그만이다.

관련 기록은 모조리 인터넷에서 지워 버렸으니 완전히 깨끗한 삶을 살아갈 수 있다.

"하지만 블로그 같은 데로 퍼 가는 것도 있잖아?"

"그런 것도 조금만 힘쓰면 삭제할 수 있어. 오래된 뉴스라서 명예훼손을 이유로 삭제 요청해 버리면 일단 인터넷 회사에서 블라인드 처리해 버리거든."

"그래?"

"그래. 그런데 오래된 뉴스 블라인드 처리한 걸 풀겠다고 싸우는 사람은 없잖아."

"하긴, 블로그라는 게 그렇지. 순간의 인기가 중요하니까."

손채림은 이해한다는 듯 고개를 끄덕거렸다.

"아…… 그놈 기억이 안 나네."

군에서 법무관 생활을 할 때 본 사건이다. 민간에서 벌어진 사건이라 당시에는 크게 관심을 가질 이유도 없었고 말이다.

"그거 잘 알 만한 사람들한테 물어보면 어때?"

"누구?"

"네가 만든 뉴스 있잖아."

"내가 만든 뉴스?"

"뒷북 뉴스."

"아! 맞다!"

뒷북 뉴스.

노형진이 만든 인터넷 뉴스다.

다른 언론들은 새로운 소식이나 속보 경쟁을 하지만 이곳은 오래된 뉴스 중에서 묻혀 있고 사람들이 알고 싶어 하는 것들을 추적한다.

그러니 그런 사람들이라면 이 사건을 알지도 모른다.

"잠깐만. 확인해 보자."

노형진은 바로 관련 기자들에게 전화를 걸었다.

그리고 어렵지 않게 그 사건이 뭔지 알아낼 수 있었다.

—황오민 사건 말씀이시군요.

"그건 아닌 것 같은데요?"

—그럼 오영혜 사건이라고 하면 아시려나요?

"네! 맞습니다, 오영혜 사건! 그거 가해자가 풀려났다고 무척 시끄러웠죠?"

—그랬지요. 우연이네요. 현재 저희가 추적하는 것 중 하나거든요.

"그래요?"

편집장의 말에 노형진의 얼굴이 환해졌다.

그렇다면 추가적인 자료를 구하기 쉽기 때문이다.

—황오민 사건. 세간에서는 오영혜 사건이라고 불리고 있지요. 저희는 피해자를 자꾸 언급하는 게 바르지 않다고 해서 가해자 이름으로 부르거든요. 시중에서는 피해자 이름으로 부르는 게 보통이지만.

오영혜 사건.

열여섯 살 먹은 오영혜라는 소녀가 집단적인 괴롭힘을 당하고 같은 학교의 일진들의 강요에 원조 교제까지 했다가 자괴감을 못 이기고 결국 자살한 사건.

그 당시 주범은 황오민이라는 학교의 일진이었다.

"제가 기억이 어렴풋해서 그러는데, 그 사건에 대해 잘 아시나요?"

―잘 알고 있습니다. 황오민의 할아버지가 대법관 아니었습니까? 아버지는 국회의원이었고요.

"아, 그랬죠."

노형진이 이 사건을 기억하는 이유.

그 당시에 부모들의 입김이 사건에 들어가는 것이 너무 확연하게 티가 났기 때문이다.

―결국 그 사건으로 처벌받은 놈은 없었죠. 오영혜가 유서에 원조 교제를 강요당했다고 썼지만 그 강요를 인정해 주지도 않았고요. 증거 불충분이었죠.

상식적으로 원조 교제를 한 사람들이 자기가 했다고 나올 리 없다.

거기에다가 그렇게 받은 돈은 모두 현금이라 추적도 불가능했고 말이다.

―사실 대놓고 수사도 안 했어요.

편집장도 그 사건을 기억하는 듯 차분하게 말을 이어 갔다.

―결국 피해자만 자살하고 가해자들은 어떤 법적인 처벌

도 받지 않았지요. 여기저기 죽이려고 달려든 흔적이 있는데
도 말이죠.

지금 사건과 놀라울 정도로 흡사하다.

아니, 대부분의 학교 폭력 자살 사건은 비슷할 게 뻔했다.

"그 후에 어떻게 되었나요?"

―뭐, 인터넷 기록을 찾아보셨다니 알 겁니다. 한 3개월쯤
지나고 나서 뉴스고 블로그고 깡그리 날아갔죠. 그 후에 그
사건 담당했던 검사는 영전했고요. 지금은 서울 지검에서 부
장검사를 하고 있을 겁니다.

"좋네요."

―네?

"아, 아닙니다. 그냥 의혹이 철철 넘치는군요."

―이건 의혹 정도가 아니라 대놓고 수사하지 않았던 사건
이니까요.

"그 사건을 언론에서 깔까 하는데, 자료를 좀 주실 수 있
겠습니까?"

―그건…….

잠깐 고민하던 편집장은 담담한 목소리로 승낙했다.

―그러시죠, 뭐. 상대적으로 중요한 사건도 아니고. 사실
워낙 뒤에 흐지부지되는 사건들이 많아서 우리가 까도 까도
끝이 없거든요.

"좀 쓸쓸하네요."

-그래도 노 변호사님이 계시니까 이 정도인 거지, 아니었으면 더 개판이었을 겁니다.

사건이 터지고 나면 모든 기록을 삭제하고 잠수 타고 있다가 잠잠해지면 다시 기어 나와서 멀쩡하게 생활하던 사람들은 엄청나게 많았다.

하지만 노형진이 뒷북 뉴스를 만든 후에는, 과거의 범죄자들이 재기하려다가 걸려서 재기에 실패한 경우도 많았다.

'도대체 얼마나 많기에……'

그럼에도 불구하고 뒷북 뉴스가 추적하는 데에 한계가 있어서 이런 사건은 재조명도 힘들 지경이라니.

-자료는 사람을 통해 보내 드리겠습니다.

"감사합니다."

노형진은 감사의 인사를 건네고는 전화를 끊었다.

"뭐래?"

"적당한 먹잇감이 나타났어, 흐흐흐."

이제 남은 것은 국민들 앞에서 그들을 대놓고 까는 일뿐이었다.

⚖️

서울 지검 종규선 부장검사는 이번 기회를 이용해서 제대로 얼굴을 알리고 승진해 볼 생각이었다.

"이거 이거, 종규선 부장검사, 스타 되는 거 아니야?"

"하하하, 그럴 리가요."

"스타 검사 되면 나 좀 잘 부탁한다고, 후후후."

"아이고, 별말씀을요."

방송 출연이 확정된 후 종규선은 입에서 미소가 떠나지 않았다.

안 그래도 더 이상 올라가는 데 한계를 느끼던 중이었다.

'조금만 더 올라가면 지검 차장검사를 달 수 있을 것 같은데 말이지.'

하지만 뭐가 하나씩 부족해서 몇 년째 승진에 물먹고 있는 그였다.

'이번이 기회야.'

하지만 이번에 국민들에게 얼굴을 알릴 수만 있다면 자신이 차장검사가 되는 것은 어려운 일이 아니라고 그는 생각했다.

'차장검사라…… 흐흐흐.'

지검 차장검사면, 공무원으로 보면 준차관급의 막강한 권력을 가진 자리다.

그만큼 되기 힘들지만, 그 자리에 앉았다는 것 자체가 막대한 권력과 돈을 약속한다.

"이번 주제가 뭐래?"

"'학교 폭력, 이대로 괜찮은가?'라던데요."

"얼마 전 그 사건 때문에 그러나 보네."

"네."

"쯧쯧, 하여간 냄비 근성은 쩔어요. 이러면 뭐 해, 한 달도 지나지 않아서 다 잊어버릴 텐데."

"그러니까요. 우리가 어련히 처벌할까 봐 이렇게 설레발치는 건지."

"언론이라는 게 그런 거잖아. 이슈라도 타지 않으면 시청률이 나오겠어? 더군다나 토론 프로그램이라며? 시청률 아주 뻔하다, 뻔해."

"그 시청률이라도 저는 감지덕지죠."

"그래, 언론에 나가서 국민들이랑 윗분들에게 얼굴 크게 한번 박아 넣고 승진해야지."

"감사합니다, 지검장님."

종규선은 지검창의 격려를 받으면서 새로 뽑은 양복을 확인하고는 자신의 차량에 타고 방송국으로 향했다.

이윽고 그는 그곳에서 미리 준비하고 있던 사회자와 반대쪽 패널을 만날 수 있었다.

"흠……."

반대쪽 패널은 변호사와 교수 등으로 이루어져 있었다.

'뭐, 어렵지 않겠구먼.'

변호사라고 해 봐야 새파랗게 젊은 녀석이 나와 있으니 자신이 요리하는 거야 어렵지 않을 것 같았다.

그리고 교수야 실무라고는 쥐뿔도 모르는 사람들이니까.

"반갑습니다. 노형진입니다."

"종규선 부장검사요."

종규선은 노형진이라고 자신을 소개한 변호사를 보면서 미소를 짓다가 고개를 갸웃했다.

'노형진? 어디서 들어 본 이름인데?'

하지만 아무리 생각해도 어디서 들었는지, 누구인지 떠오르지가 않았다.

더군다나 눈앞에 있는 건 나이도 얼마 안 되어 보이는 젊은 변호사.

'내가 아는 사람 중에 동명이인이 있나 보군.'

그는 무심하게 그렇게 생각하면서 자리에 앉았다.

"자, 준비하시고요. 스탠바이. 패널들 자리 잡으시고, 방청객들 모두 준비해 주시고요."

PD는 이리저리 돌아다니면서 확인하고 고개를 끄덕거렸다.

"녹화방송이니까 부담 가지지 마시고, 화장실에 가시고 싶을 땐 그냥 가시면 됩니다. 제가 자막으로 패널은 큰일 보는 중이라고 큼지막하게 박아 드릴게요."

"하하하하!"

PD의 센스 있는 농담에 긴장이 어느 정도 풀리자 드디어 시작되는 방송.

"자, 그럼 들어갑니다."

촬영이 시작되자 사회자는 간단한 인사와 함께 양측 패널들을 소개했다. 그리고 바로 주제에 대해 설명을 시작했다.

"오늘의 주제는 '학교 폭력, 이대로 괜찮은가?'입니다. 얼마 전에 학교 폭력으로 한 아이가 안타깝게도 자살했습니다. 매년 반복되는 이러한 학교 폭력의 문제를 해결할 방법은 과연 없을지, 패널분들의 좋은 의견 부탁드립니다. 일단은 계도가 우선이라고 하는 분들의 말씀을 들어 보죠. 종규선 부장검사님?"

자신에게 바통이 넘어오자 종규선은 차분하게 말을 꺼냈다.

"참으로 안타까운 사태가 아닐 수 없습니다. 학교 폭력으로 인해 어린아이들이 그렇게 목숨을 잃어 가는 것을 검찰의 입장에서는 안타깝게 생각합니다. 하지만 그보다 더 우려되는 것은, 국민들 사이에서 생겨나고 있는 터무니없는 증오입니다. 물론 국민들의 분노는 이해합니다만 가해한 아이들도 철없는 자신의 선택이 그런 결과를 불러올 거라 생각하지 못했을 것입니다. 대한민국은 법치주의 국가입니다. 그리고 세상을 살다 보면 누구나 수많은 고난과 부딪히게 되지요. 그러다 보면 미처 인식하지 못하고 실수를 저지를 수도 있습니다. 죽은 아이는 안타깝습니다. 하지만 자기가 무슨 짓을 하는지도 모른 채 가해한 아이들에게 법적으로 강력한 처벌을 하라고 하는 것은 결국 또 다른 피해자를 만드는 행위입니다. 학교 폭력을 행사하는 대부분의 아이들은 아무것도 모르는 철모르는 어린아이들일 뿐입니다. 한순간의 실수로 그 아이들의 인생이 나락으로 떨어지는 것은, 사회적으로도 심각한 손실일 뿐만 아니라 아이들에게도 못 할 짓이 아닐까요? 법은 눈물을 가지고 있어야 합니다. 자비도 가지고 있어야 하지요. 아이들의 실수가 안타깝기는 하지만, 그걸 이유로 아이들의 미래의 인생을 무너뜨리는 것은 안 될 일이라고 생각합니다."

참으로 청산유수 같은 말이었다.

이어 그쪽의 다른 패널도 비슷한 말을 하면서 학교 폭력의 가해자들에게는 처벌보다는 계도가 우선이라고 주장했다.

'참 가지가지 하네.'

노형진은 그걸 보고 속으로 피식 웃었다.

물론 어느 정도는 사실이다. '어느 정도'는.

단순하게 엇나가는 아이들, 그저 소액을 갈취하거나 하던 아이들.

그런 아이들은 충분한 교육과 계도를 통해 제자리에 돌려놓을 수 있다. 그게 정상이고.

하지만 대놓고 사람을 죽이기 위해 위계를 짠 아이들은 범죄자이지 계도의 대상이 아니다.

"에…… 제가 봐서는 적절한 처벌이야말로……."

노형진과 같은 패널이 된 교수는 원론적인 균형론을 이야기하면서 아이들에 대한 처벌이 제대로 되지 않아서 학교 폭력이 줄어들지 않고 있다는 의견을 꺼냈다.

언제나 나오는 비슷한 이야기, 비슷한 토론.

사실 방청객들도 토론이라고 해서 나오기는 했지만 이런 토론이 한두 번도 아니고, 이렇게 떠들어 봐야 그다지 바뀌는 게 없다는 것을 알고 있기 때문에 지겹다는 표정이었다.

'여기에 있는 방청객은 대부분 알바생이겠지.'

이런 토론 프로그램의 방청객은 자리가 차지 않아서 아예 방청객 알바를 하는 사람들이 있을 정도다.

'오늘 재미있는 거 보여 줄게, 후후후.'

노형진은 미소를 지으면서 자신의 순번을 기다렸다.

"그러면 노형진 변호사님, 의견을 말씀해 주시지요."

드디어 노형진에게 넘어온 칼자루.

노형진은 눈을 빛내면서 세상에서 가장 무서운 무기 중 하나인 세 치 혀를 꺼내 들었다.

"저는, 이러한 학교 폭력은 계도의 문제가 아니라고 생각합니다. 제가 보기에는 검찰과 법원의 방조가 가장 큰 이유입니다."

"방조요?"

갑자기 훅 들어오는 공격에 당황하는 사람들.

"네."

"아니, 무슨 방조를 했다고 그러시나요?"

"아, 방조라고 볼 수도 없네요."

"네?"

이해하지 못할 말에 되묻는 사회자.

그리고 노형진의 다음 말에, 토론장에는 침묵이 흐르기 시작했다.

"검찰과 법원은 살인자를 풀어 주고 있지요. 이건 '방조'라기보다는 거의 방조범 수준이네요."

⚖

'저거 미친 거 아냐?'

종규선은 당황해서 노형진을 바라보았다.

방조범이라니? 다른 곳도 아니고 검찰과 법원을 방조범이라니?

강경하다 못해 당황스러울 정도의 말에 종규선은 어이가 없었다.

"저기, 노형진 변호사님. 그들은 법을 유지하는 조직입니다. 그런데 방조범이라니요?"

사회자도 당황한 듯 조심스럽게 말을 꺼냈다.

노형진은 그런 사회자를 보면서 미소 지었다.

"방조라는 게 뭔가요?"

"네?"

"방조라는 게 뭐냐고 저는 묻고 싶네요."

"방조야 뭐, 사건이 벌어지는 걸 알면서도 모른 척하는 거 아니겠습니까?"

"그렇지요. 그러면 제가 말한 방조범이라는 것은 확실히 제가 말실수한 겁니다."

"그렇지요, 하하하."

"종범입니다."

방조범을 뛰어넘는 종범이라는 소리에 다들 어리둥절했다.

사회자와 패널들은 당황했고, 방청객들은 재미있는 일이 벌어진다는 사실을 눈치채고는 눈을 반짝반짝 빛냈다.

"종범이라니요. 말을 너무 막 하십니다."

종규선은 노형진이 너무 심하게 말한다는 생각이 들어서 그에게 한마디 했다.

하지만 그건 노형진이 파 놓은 함정이었다.

'어차피 두 사람은 들러리야.'

이번 방송은 노형진과 종규선 두 사람의 싸움이 되어야 한다.

원론적인 이야기만 하는 나머지 두 패널은 엑스트라 이상의 의미가 없다.

"아까는 방조범의 의미를 물어봤지요. 다시 한 번 묻겠습니다. 그러면 종범은 뭡니까?"

"범죄자에게 종속되어서 범죄를 같이 저지르거나 그 사후 처리를 하면 종범이지요."

"그렇지요."

그건 어려운 개념이 아니다. 국민들도 대부분 잘 알고 있고.

"그러면 이런 경우는 어떨까요? 검사님이 답해 보시겠습니까? 어떤 사람이 범죄를 저질렀습니다. 그런데 제삼자가 그걸 알았습니다. 그걸 신고하지 않았다면요?"

"그건 방조범이지요."

"그러면 그 제삼자가, 범죄자를 은닉하고 처벌받지 않도록 증거를 조작하고 사건을 왜곡시킨다면요?"

"그건 종범이 되겠지요. 이미 방조의 영역을 넘어섰으니까요."

노형진은 고개를 끄덕거렸다.

그리고 종규선을 바라보면서 단호하게 말했다.

"지금 검찰이 하는 일이 바로 그겁니다."

"이런 미친!"

종규선은 지금 촬영 중인 것도 잊고 자신도 모르게 욕을 내뱉었다.

"말이 험하십니다. 검찰은 그런 조직이 아닙니다."

"그래요? 하지만 저는 검찰에서 학교 폭력을 막는 것을 못 봤는데요?"

"모든 범죄를 예방할 수 있었다면 경찰과 검찰이 왜 필요합니까? 우리가 아무리 열심히 일해도 그건 불가능한 일입니다."

노형진은 피식 웃었다.

물론 이건 맞는 말이다. 한 명의 도둑을 막기 위해서는 백 명이 있어도 힘들다고 했다.

"막는 거야 그렇지요. 하지만 제대로 처벌하지 않는 것은 어떻게 봐야 합니까?"

"우리 검찰이 무슨 처벌을 안 한다는 겁니까?"

"이번 사건을 보면 더욱 그렇지요."

"더욱 그렇다?"

"이번 사건에서 죽은 학생은 자살했습니다. 그렇지요?"

"그런데요?"

"그런데 그 사건을 조사해 보면 위계에 의한 살인입니다. 그런데 검찰은 단순 학교 폭력으로 처리했더군요."

노형진은 마치 검찰이 사건을 은폐한다는 뉘앙스로 말했다.

그러자 방청객들 사이에서 작은 소요가 일어났다.

"아아, 잠시만요. 진정들 하시고. 그게 무슨 말입니까?"

사회자는 진중한 표정으로 되물었다.

이건 공중파로 나가야 하는 방송이다. 그런데 검찰이 살인을 은폐했다는 말은 그냥 넘어갈 수 있는 게 아니었다.

"사실 전혀 다른 죄목을 적용해야 함에도 불구하고 최대한 형량이 작은 죄목을 계획적으로 적용한다는 말입니다."

"계획적으로요?"

"네. 검찰에서는 이렇게 말하더군요, 사건 처리 지침이라고."

노형진은 웃으면서 말하고 있었지만 종규선은 왠지 등골이 오싹했다.

"그건 말도 안 되는 소리입니다. 물론 처리 지침이야 있지요. 하지만 그건 공정한 법 집행을 위한 것이지, 사건을 은폐하거나 축소하라고 있는 처리 지침이 아닙니다."

"그래요?"

노형진은 앞에 놓여 있는 종이를 손에 들었다.

"사건 번호 2011 도 ○○○○○호."

노형진이 사건 번호를 읽자 순간 침묵이 흘렀다.

"사건의 당사자는 밝히지 않겠습니다. 하지만 내용은 이렇습니다. 피고인은 피해자의 고용인으로서 피해자가 집안의 사정으로 인하여 금전적 압박을 느끼고 있어 그만두지 못하는 점을 이용하여 1년간 괴롭히고 자살하도록 유도, 결국 피해자가 한강에서 자살한 사건. 이 사건으로 인해 피해자는 사망하였고, 가해자는 위계에 의한 살인으로 징역 12년 형을 선고받았습니다."

노형진이 차근차근 읽자 사람들은 고개를 끄덕거렸다.

몇몇 사람들은 그 사건을 기억하고 있기도 했다.

자신의 가학성을 충족하기 위해 직원을 괴롭힌 끝에 죽음으로 몰아가고, 결국 그 충격으로 병중이던 두 명의 부모까지 자살하게 만든 잔혹한 사건이었으니까.

"그리고 이번 사건에서는 15세의 가해자들이 2년에 걸쳐서 피해자를 괴롭히고 갈취하고 폭행을 가했으며 거의 매일 자살을 유도했습니다. 그런데 검찰에서 내린 결론은 단순 폭행. 이 사건과 아까 전 사건의 다른 점은 오로지 범인과 피해자의 나이뿐입니다. 아까 사건은 성인이었고, 이 사건은 미성년자죠. 오직 미성년자라는 이유로 살인이 아닌 단순 폭행을 적용했습니다. 이 정도면 방조를 넘어서 종범이라고 봐도 무방하지 않을까요?"

사람들의 눈빛이 차가워졌다.

그냥 사건이 제대로 처리되지 않았다고 생각하는 것과, 실제로 제대로 처리되지 않은 것을 아는 것은 전혀 다른 문제이기 때문이다.

"그건 일반인들이 생각하는 기준이지요. 모든 사건은 저마다 다 다릅니다. 케이스 바이 케이스라는 말대로, 각 사건은 상황 같은 것에 대해 감안하고 전혀 새로운 시각으로 접근해야 합니다. 변호사가 그것도 모르지는 않으실 테고."

종규선은 아무래도 자신이 검찰을 변호해야 한다는 생각이 들었기 때문에 노형진에게 적절하게 지적했다.

"그래요? 어떤 부분이 다르다는 거죠?"

"일단 이쪽은 회사고 이번 사건은 학교이니까……."

"회사는 그만두고 도망갈 수라도 있지요. 하지만 학교는 그러지도 못합니다. 강제적이고, 또 의무교육이라서 출석을 하지 않을 수도 없지요. 그러면 학교 쪽이 더 처벌이 강해야 하는 거 아닌가요?"

"크험……."

확실히 그렇다.

회사는 언제든 그만두고 나갈 수 있지만 학교는 그럴 수 있는 곳이 아니니까 학교 쪽 사건이 더 악질적일 수밖에 없다.

"그거 말고도, 일단 피해에서도……."

"여기 보시면 피해도 나와 있습니다. 제가 예시한 사건에 피해자의 금전적 피해는 없습니다. 하지만 이번 사건에서, 피해자는 수사 결과 2년간 120만 원 정도의 피해를 입었지요."

"아니, 그 사건은 단독 범행이었고……."

"그렇지요. 그 사건은 단독 범행이었습니다. 하지만 이번 사건은 네 명이 범죄 조직을 짜고 움직인 것입니다. 지금 검사님이 말씀하는 것들은 전부 사건의 차이가 아니라 형량을 늘려야 하는 가중처벌 사항입니다. 4인 이상이 위계를 이용하여 범죄를 저지르면 가중처벌 대상인 거 모르십니까?"

노형진은 종규선이 하는 말을 하나하나 반박했다.

종규선은 진땀을 흘리면서 노형진을 노려보았다.

'저 새끼 뭐야?'

이런 곳에서 대놓고 자신을 공격하는 노형진이 그는 결코 좋게 보이지 않았다.

문제는 노형진이 하는 말이 다 맞다는 것이다.

"일단 이번 사건은 가해자들이 나이가 어리다 보니……."

"결국 이번 사건과 전 사건의 차이는 나이뿐이라는 걸 인정하시는 거군요."

"그건 아닙니다."

"검사님, 제가 진짜로 이해하지 못하겠어서 물어보는 건데, 이번 사건을 단순 폭행으로 처리해야 하는 이유가 뭡니까?"

"그건 저도 잘…… 모르겠습니다. 제 사건이 아니다 보니…….."

아무리 사건을 뒤집어도 이건 위계를 이용한 살인이 맞다.

물론 가해자는 장난이라고, 어린애들이 할 수 있는 그런 장난이라고 하기는 했다.

'하지만 그 사건도 단순한 장난이라고, 자신은 진짜로 자살할 줄 몰랐다고 하기는 했지.'

물론 문자로 나가 죽으라고 집요하게 몰아붙인 순간부터 장난이 아닌 게 되었지만.

"보다시피 검찰은 가해자가 학생이라는 이유로 법률의 적용을 제대로 하지 않습니다. 한 일진 출신 학생의 말에 따르면, 일진을 구성하면 한 해에 학교에서 벌어들이는 돈이 억 단위가 된다고 하더군요."

"아니, 그건 무슨 말도 안 되는 소리입니까? 기껏해야 몇 십만 원 수준이지."

'지랄하고 자빠졌네. 그러니까 학교 폭력이 없어지지 않는 거다.'

노형진은 현실도 제대로 모르는 종규선을 불쌍하다는 눈빛으로 바라보았다.

"간단하게 예를 들어 볼까요? 요즘 한 반의 인원이 서른 명 정도라고 하더군요. 그러면 그 아이들이 일주일에 5천 원씩만 낸다고 해도 일주일에 15만 원입니다. 그리고 학교에 대략 열 개 반이 있다고 하면 일주일에 150만 원이 됩니다. 초등학교 빼고 중학교, 고등학교의 경우 3학년씩으로 구성되어 있습니다. 그러면 일주일이면 450만 원이 됩니다. 한 달은 4주니까 한 달이면 1,800만 원이 되는군요. 이건 전부 5천 원으로 계산한 겁니다. 그런데 이야기를 들어 보면 보통 1만 원 정도는 강제로 뜯는 게 현실이고, 그중 호구로 찍힌 몇 명한테는 한 달에 몇십만 원에서 최대 몇백만 원까지 뜯어낸다고 하더군요. 거기에 돈뿐만 아니라 새로 산 신발이나 옷, 가방 등등 현물까지 포함하면 고작 1억밖에 안 될 것 같습니까?"

"……."

"만일 제가 집단을 구성해서 주변 사람들에게서 수억씩 뜯어내고 물건을 빼앗아 간다면 전 범죄 조직 구성에 관한 법률 위반과 특정범죄가중처벌법 위반으로 당장 구속되겠지요. 하지만 지난 몇 년간 검찰에서 학교 폭력 사건의 가해자를 구속한 비율은 0.1%도 안 됩니다. 이 정도면 거의 대놓고 사건을 무마하는 수준 아닙니까?"

"구속이 곧 처벌을 의미하는 건 아닙니다."

종규선은 애써 변명하면서 주변을 살폈다.

하지만 이미 주변 사람들의 눈에는 불신이 가득했다.

'염병할.'

스타 검사가 되어서 승진하러 나왔는데 졸지에 검찰을 대신에서 두들겨 맞는 꼴이 되어 버린 종규선은 절로 욕이 나왔지만, 카메라가 자신을 찍고 있으니 욕을 할 수도, 그렇다고 노형진의 멱살을 잡을 수도 없었다.

"그거야 그렇지요."

노형진은 그걸 알고 있기 때문에 그를 느긋하게 바라보았다.

'너는 도망 못 가.'

카메라 앞에서 까이다가 도망간다는 것 자체가 자신의 잘못을 인정하는 꼴이 된다.

그러니 그는 아무리 도망치고 싶어도 도망가지 못한다.

"하지만 그중 5호 처분 이상의 처벌이 나온 것 역시 10%가 안 된다는 건 문제가 있는 거 아닙니까?"

"하지만 소년법상 학폭에 대한 처벌은 정상적인 경우 그 정도가 보통이고……."

"그거야 인정하지요. 제가 묻고 싶은 건 이겁니다. 소년법으로 처벌할 수 없는 수준의 범죄들, 그렇게 처벌해서도 안 되는 사건을 왜 자꾸 소년법으로 구형해서 제대로 처벌하지 않느냐. 제가 알기로는 형사미성년자는 13세까지일 텐데요?"

형사미성년자란 형사적 범죄를 저질러도 처벌받지 않는 나이를 말한다.

그 나이 때의 아이들은 진짜 아무것도 모르고 범죄를 저지를 수도 있다고 판단하는 것이다.

"즉, 14세 이후부터는 형법 적용의 대상이라는 겁니다."

"하지만 18세 이하의 청소년은 보호해야 하는 거 아닌가요?"

"단순 갈취나 또래끼리의 싸움으로 인한 폭행 같은 거라면 이해하지요. 하지만 이건 명백하게 살인 아닙니까? 상대방을 죽이기 위해 수년간 협박했고 괴롭혔으며 그로 인해 자살까지 하게 만들으니 누가 봐도 위계에 의한 살인인데, 왜 단순 폭행만을 적용하느냐 이거죠."

"……."

물론 판사들 중에 제대로 처벌하려고 하는 사람들도 있다.

하지만 문제는 검사다.

판사가 아무리 제대로 처벌하고 싶어도, 검사가 단순 폭행이나 사소한 범죄로 고발하면 소년법에 따라서 터무니없는 처벌을 내리는 수밖에 없다.

소년법상의 최고 처벌은 10호 처분인 2년 미만의 소년원 송치가 끝이다.

물론 대놓고 살인하는 경우는 형법상의 살인죄가 적용되기는 하지만, 대놓고 범죄를 저지르지 않고 이런 식으로 조금만 수작을 부리면 소년범에 대한 처벌은 터무니없이 낮아지는 것이 한국의 문제였다.

"에, 분위기가 너무 달궈지는 것 같으니까 진정하시고, 방청객 의견을 들으시겠습니다. 네, 저분."

손을 번쩍 든 사람은 마이크를 건네받고 노형진을 바라보면서 진지하게 물었다.

"소년범인권협의회에서 나왔습니다. 변호사님은 그러면 강력한 처벌만이 능사라고 생각하시나요? 하지만 그래서는 계도가 되지 않습니다. 계도를 통해 청소년들에게 진정한 기회를 주는 것이 사회적으로 더 올바른 선택이라고 생각하지 않으십니까?"

노형진은 머리를 북북 긁었다.

'저런 인간들이 제일 싫어.'

피해자가 도움이 필요할 때는 눈곱만치도 안 보이다가 가해자가 도움이 필요할 때에는 기를 쓰고 기어 나와서 떠벌리는 인간들.

'안 봐도 뻔하군.'

이런 방청객은 알바를 쓰기도 하고 신청을 받기도 하지만, 각 패널들이 상대방을 공격할 목적으로 슬쩍 자기네 사람을 박아 넣는 경우도 많다.

뜬금없이 소년범인권협의회라는 곳이 튀어나오는 걸 보니 저쪽에서 박아 넣은 사람이 분명했다.

"계도가 뭡니까?"

"네?"

"아까부터 처벌하면 안 된다고 하시는 분들이 계도, 계도

하는데, 계도가 도대체 뭔가요?"

"아니, 변호사님이 그 뜻을 모르시면 안 되죠."

"제가 아는 것과 여러분이 아는 게 다른 것 같아서요."

"다르다고요?"

"네. 저는 남을 깨우쳐 이끌어 주는 것을 계도라고 한다고
알고 있습니다만."

"그렇지요."

"그거랑 처벌이랑 무슨 관계가 있습니까?"

"네?"

"처벌받으면 계도되지 않는다는 건 말이 안 되지 않나요?
처벌받으면 그 사람이 범죄자로 살도록 유전자라도 활성화
됩니까? 아니면 처벌받으면 아예 사회에서 격리되어 살아가
나요? 결국 계도라는 것은 그가 저지른 잘못이 뭔지 깨닫게
하고 반성하면서 살아가게 하는 거라고 할 수 있는데, 계도
를 외치면서 누구도 처벌을 못 하게 하면 도대체 누가 반성
합니까?"

남자는 말문이 턱 막혔다.

사실 계도는 처벌을 막을 이유가 되지는 않기 때문이다.

"범죄자라고 해도, 미성년자들입니다. 사랑으로 보듬어
안아서 바른 삶을 살 수 있도록······."

노형진은 피식 웃었다.

"여러분, 바늘 도둑이 소도둑 된다는 말, 들어 보셨습니까?"

"바늘 도둑이 소도둑 된다?"

"네, 그 우화는 다들 잘 아실 거라 믿습니다."

이야기는 단순하다.

어떤 아이가 바늘을 훔쳐 왔다. 부모는 그런 아이를 혼내는 대신에 잘했다고 칭찬했다.

이후, 아이는 점점 더 큰 것을 훔쳐 왔다.

과일, 작은 물건, 나중에는 작은 장신구.

결국에는 소를 훔치다가 잡혀서 처벌을 받았다.

"제가 아는 사랑은 아이에게 삶을 살아갈 수 있는 지혜를 주고 잘못된 것을 잘못되었다고 할 수 있는 지식과 용기를 주는 거라고 생각합니다. 뭘 훔치든 '오구 오구, 잘한다.' 하고 칭찬하는 게 아니라요."

"⋯⋯."

처벌 반대론자들은 노형진의 말에 반박할 수가 없었다.

틀린 말이라고는 하나도 없었으니까.

'기름은 충분히 부은 것 같으니 불 한번 화끈하게 댕겨 볼까?'

노형진은 속으로 그렇게 중얼거리면서 새로운 종이를 꺼내 들었다.

"다른 사건을 예시로 들어 보겠습니다. 여러분은 아마 이 사건을 오영혜 사건으로 알고 계실 겁니다."

종규선의 얼굴이 마치 악귀처럼 일그러졌다.

그럴 수밖에 없었다. 그가 담당했던 사건이고, 그 사건 덕분에 그가 영전할 수 있었으니까.

"그 당시에 가해자는 피해자 오영혜를…… 아, 노파심에서 하는 말이지만, 오영혜라는 이름은 사건을 설명하기 위해 만들어진 가명입니다. 하여간 그 사건에서 가해자는 오영혜를 괴롭히고 원조 교제를 시키고 그 돈을 갈취했습니다. 그 결과, 피해자 오영혜는 자살을 했지요. 아마 기억하는 분들도 계실 겁니다."

방청객들 중 다수가 고개를 끄덕거렸다.

워낙 크고 시끄러운 사건이었으니까.

"그런데 그 사건의 가해자의 부모가 정치인이자 주요 법관이라는 정보는 거의 없더군요."

"네?"

"뭐라고요?"

원래 이런 곳에서 방청객들은 아무런 말도 안 하고 듣기만 하는 것이 보통이다.

그래서 '방청'객이라고 하는 것이다.

그런데 생각지도 못한 말에 저도 모르게 반문을 던지는 사람까지 있었다.

"그 당시 기록에 따르면 검찰에 피해자의 유언장이 증거로 제출되었는데, 성매매자를 찾을 수 없다는 이유로 증거 불충분이 되었어요. 그런데 상식적으로 미성년자를 성매매 한 남자들이 자수를 하겠습니까? 거기에다 그 애가 자살했는데?

더군다나 그 성매매를 한 사람들을 데려간 것은 피해자가 아니라 가해자입니다. 그러면 가해자의 핸드폰을 추적해야 하는데, 여기에 보면 가해자가 핸드폰을 분실해서 추적하지 못했다고 되어 있어요. 사람이 죽었는데 가해자 핸드폰이 없어서 추적하지 못한다는 게 말아나 되나요?"

"……."

"더 이상한 건, 그 사건에 관련된 분들이 사건 이후에 갑자기 여기저기로 영전하셨다는 겁니다. 이 부분에 대해 어떻게 생각하십니까, 검사님?"

노형진은 마치 다 안다는 듯 말을 꺼냈다.

하지만 종규선은 그저 분노로 부들부들 떨 뿐, 아무 말도 할 수 없었다.

다음 권으로 이어집니다

200평 초대형 24시 만화방

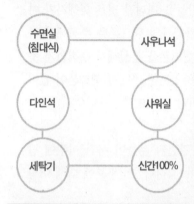

수면실
(침대식) ─── 사우나석

다인석 ─── 샤워실

세탁기 ─── 신간100%

📖 수원 인계동점

● 나혜석거리   ● 농협

● CGV   ● 수원시청역⑧

무비 사거리

소주한잔
건물
24시 만화방 3F   홍콩반점   홈플러스

TEL : 031-226-3771
수원시 팔달구 인계동 1041-11 3층 24시 만화방

📖 의정부점

의정부역④
⑤   흥선지하도

◀서울방향

진성약국   던킨도넛츠

24시 만화방
3F

TEL : 031-856-3971
경기도 의정부시 의정부동 197-13 3층

📖 주안점

주안
남부역

◀제물포   민병철
어학원   간석동▶

25시 만화방 6F

TEL : 032-426-2871
인천광역시 주안남부역 지하상가 4번 출구 GS25시 건물 6층

📖 안양점

● 안양역   육교

◀관악역   명학역▶

농협
24시 만화방
2F
안양일번가

TEL : 031-466-3771
경기도 안양시 안양동 674-163 죠이당구장건물 2층